Selbsthypnose

Für Amelie

Andreas Brandl

Selbsthypnose

Beam me up Scotty!

Herstellung und Verlag: Books On Demand GmbH, Norderstedt
Umschlag: A. Brandl, Bildquelle: photocase.com
Illustrationen: Jens Tiburski

ISBN 978-3-8334-9187-0

Bibliografische Information der Deutschen Nationalbibliothek
Die Deutsche Nationalbibliothek verzeichnet diese Publikation in der Deutschen Nationalbibliografie; Detaillierte bibliografische Daten sind im Internet über http://dnb.d-nb.de abrufbar.

Inhalt

Einführung

Hypnose steht in einer uralten Tradition. Trance wird seit Jahrtausenden genutzt, um Heilungsprozesse anzuregen oder mit einer tieferen, spirituelleren Ebene des eigenen Bewusstseins in Kontakt zu treten.

In den letzten Jahrzehnten hat sich die Hypnose nicht nur zu einem modernen Psychotherapieverfahren gewandelt, sie hat auch den Einzug in so manchen Privathaushalt gefunden und erfreut sich zunehmender Beliebtheit. Ein Grund hierfür sind die geradezu fantastischen Möglichkeiten, die die Hypnose eröffnet.

Als Kinder träumen wir oft davon, einmal wie Peter Pan ins Nimmerland hinfort zu schweben, wie Merlin mit unseren Zauberkräften den Kampf gegen dunkle Mächte aufzunehmen oder als Alice ins Wunderland abzutauchen. Als Erwachsene opfern wir dann unsere Träume zugunsten unseres vermeintlich ach so vernünftigen Verstandes, geben uns 10 Stunden täglich Börsenkursen, technischen Manuals, Statistiken und so weiter hin.
Was, wenn aber die ursprüngliche Art, die Welt in Metapher und Bildern zu sehen, den weitaus größten Teil unserer kognitiven Fähigkeiten ausmacht. Kastrieren wir uns dann nicht selbst, indem wir krampfhaft versuchen dieses Denken aus unserem Alltag zu verbannen? Bestehlen wir uns nicht selbst um die schöpferische Kraft, die in unserer Fantasie so mächtig ist?

Hypnose und speziell, denn in diesem Buch soll es darum gehen, Selbsthypnose, bringt uns wieder in Kontakt mit diesem Teil unseres Bewusstseins. Es kann eine heilsame und das geistige Wachstum fördernde Erfahrung sein, zu erkennen, dass man seinem Unterbewussten keinesfalls hilflos ausgeliefert ist, dass man sich nur verweigert hat, es zu nutzen. Plötzlich stehen einem eine Fülle von Fähigkeiten und Ressourcen zur Verfügung, die man zuvor nicht zu träumen wagte.

Fast jeder Mensch ist fähig Selbsthypnose zu erlernen und wieder einen Zugang zu seinen unbewussten Fähigkeiten zu bekommen. Ob ich jedoch all diejenigen, die zu dieser Personengruppe gehören mit diesem Buch erreiche, möchte ich stark bezweifeln. Meinen KlientInnen, die mich häufig fragen: »kann man denn jeden Menschen hypnotisieren?«, erzähle ich folgende Geschichte:

»Mit der Hypnose ist es immer auch etwas wie mit Kino. Den meisten Menschen gefällt Kino. Die Frau eines Bekannten zum Beispiel, schaut sich gerne Filme von Rosamunde Pilcher an. Ihr Mann hingegen mag es etwas actionreicher. Sein Lieblings-Leinwandheld ist Arnold Schwarzenegger (freilich nicht in seiner Position als Gouverneur von Kalifornien). Jeder von ihnen würde sich im Film des anderen zu Tode langweilen. Keiner von ihnen würde dafür jedoch das Kino verteufeln.«

Selbsthypnose ist eine Fähigkeit. Das bekomme ich häufig von Berufs wegen zu spüren, denn auch jede Fremdhypnose (wenn also eine Person eine andere hypnotisiert) ist zunächst einmal eine Selbsthypnose. Der Klient erzeugt sich selbst Bilder und Vorstellungen, ohne die die Worte des Hypnotherapeuten nur tönendes Erz, um es einmal mit biblischen Worten auszudrücken, wären. Das Wichtigste dabei sind Sie und das, was Sie in sich tragen, nicht die Technik.

Manche Menschen lernen Selbsthypnose schneller als andere. Letztendlich ist es aber nicht wichtig, ob man sie schnell oder langsam erlernt, da Geschwindigkeit kein Maß an Effektivität ist. Hinzu kommt, dass man diese Fähigkeit, wenn man sie denn erst einmal erlernt hat, nie mehr vergessen wird.

In meiner Praxis wurde ich oft von meinen KlientInnen gefragt, ob es denn nicht etwas gäbe, was sie selbst tun könnten, um die Therapie zu unterstützen. »Selbsthypnose erlernen« antwortete ich stets wie aus der Pistole geschossen. Ich verwies dann oft auf die paar gängigen Fachbücher, die es auf dem Markt gibt und die mir als geeignet erschienen. So ganz glücklich war ich mit diesen Empfehlungen jedoch nie.
Nicht, dass die Autorinnen und Autoren keine ansprechenden und fachlich korrekten Bücher schreiben würden, alleine der Stil störte mich etwas dabei. Er entspricht eben nicht meinem persönlichen Stil. Jeder Hypnotherapeut, zumindest wenn er ein Minimum an Erfahrung besitzt, arbeitet nach seiner ganz eigenen Fasson. Das macht ihn vor seinen Klienten authentisch.

Wenn ich also in Zukunft auf ein Buch verweisen kann, dass weitgehend mit meiner Art Hypnose anzuwenden und den Schwerpunkten, die ich für wichtig halte, identisch ist, wäre das doch super – dachte ich mir.

Vielleicht erreicht es ja auch daneben die eine oder andere, die sich mit dem Gedanken trägt, Selbsthypnose zu erlernen. Na gut, wenn ich ganz ehrlich bin, dann fand ich es auch deshalb eine gute Idee, weil ich mit Hypnose meinen Lebensunterhalt verdiene...

Oftmals findet man an dieser Stelle einige Hinweise, Tipps und Tricks, wie man so ein Fach- und Übungsbüchlein verwenden sollte. Ich lasse es meine Leser halten wie ein Dachdecker und wenn Sie sich dieses Buch ausgeliehen haben, dann mögen Ihnen die nachfolgenden Sätze hilfreich sein:

»Wissen Sie eigentlich, warum so wenige verliehene Bücher zurückgegeben werden?
Weil es leichter ist, die Bücher zu behalten, als das, was in ihnen steht.«

1 Wo kommt die Hypnose her und wie wirkt sie?

1.1 Was ist Hypnose?

Ein Jugendfreund wurde einmal von seinem Deutschlehrer gefragt: »Was ist das Parlament?«

Ganz nebenbei: diesen Deutschlehrer kannte ich selbst auch ganz gut, da ich zwei Jahre nach meinem Freund das Vergnügen haben sollte, von ihm unterrichtet zu werden. Zu dieser Zeit machte er gerade die Midlife Crisis durch.

Er hatte gelernt, mit den erhöhten psychischen Anforderungen auf seine ganz persönliche Weise umzugehen. Anstatt, wie das viele Gleichaltrige taten, sich ein Porsche Cabriolet oder eine Mercedes M Klasse von Brabus zu kaufen, um damit auf der Autobahn nach Skoda fahrenden Heilpraktikern zu jagen, verbrachte er seine Zeit damit, jeden, der ihn versehentlich beim Einkaufsbummel auf die Füße trat, über mindestens drei Instanzen zu verklagen. In seiner übrigen Zeit brachte er Schülern das

»teutsche« Sprachgut mit den Methoden eines neapolitanischen Patriarchen bei.

Besagter Lehrer fragte also meinen Jugendfreund: »Was ist das Parlament?« Nachdem dieser in der ersten Stunde immer etwas müde war, wiederholte der Lehrer seine Frage mit etwas mehr Nachdruck: »Schulze! Was ist das Parlament? Was ist das Parlament?« Da mein Freund mit dem Inhalt der letzten Deutschstunde nicht sonderlich vertraut war antwortete er: »In Bayern Schweinshaxe mit Sauerkraut!«

Tatsächlich ist es mit der Hypnose ein bisschen wie mit dem bayrischen Parlament. Befragt man einen Abgeordneten einer großen Volkspartei, die mit »C« beginnt, dann wird der eine ganz andere Definition wissen, was wohl das bayrische Parlament den ganzen lieben Tag so macht, als einer, der Mitglied in einer Partei ist, die mit »S« beginnt. Diese ist zwar auch eine große Volkspartei, in Bayern gibt es aber mehr Bauern als Volk, weshalb sie dort nicht so stark ist.

Es gibt hunderte von Definitionen für die Hypnose und halbjährlich kommen dutzende neue hinzu. Immer, wenn die Wissenschaft wieder einmal zu wissen meint, wie unser Bewusstsein funktioniert, ein neues neuropsychologisches Puzzlestückchen entdeckt hat, entwickeln auch gleich mehrere vermeintliche Koryphäen ihre ganz eigenen Interpretationen und Theorien.

Dieses Buch soll sich eher pragmatisch mit dem Phänomen Hypnose und dem persönlichen Nutzen, den man damit erzielen kann, beschäftigen. Das Feld der Theorie, das in den vergangenen Jahren beinahe zum Schlachtfeld geworden ist, überlasse ich deshalb gerne den Theoretikern und beschränke mich hier auf das Wesentliche.

Hypnose ist zunächst einmal ein ganz natürlicher Zustand: Wenn man (ich weiß, das ist wissenschaftlich nicht ganz korrekt, aber egal) davon ausgeht, dass Hypnose ein Zustand zwischen Einschlafen und Aufwachen ist, dann gehen wir täglich mindestens zweimal in eine Hypnose: am frühen Morgen, kurz vor dem Aufwachen und am Abend, kurz bevor wir einschlafen.

Hypnose soll ja, so eine der vielen hundert Definitionen, auch ein Zustand der fokussierten Aufmerksamkeit sein. Viele kennen das Phänomen, das man bei der täglichen Fahrt mit dem Auto ins Büro so tief in Gedanken versunken ist, dass man sich an einen Großteil des Weges, den man zurückgelegt hat, nicht mehr erinnert.
Auch dieser Zustand erfüllt die Kriterien einer Hypnose. Wenn das so ist, dann könnte man auch sagen, dass man sich tatsächlich im Verlauf eines Tages länger in Hypnose befindet, als bei wachem Verstand (was immer das auch sei) – aber ich wollte ja keine Thesen aufstellen.

Jede Hypnose kann grundsätzlich aus eigenem Antrieb beendet werden. Das wird vielen Hypnosenovizen Ängste vor dem Hypnotisieren nehmen, andererseits auch mit dem Mythos aufräumen, dass der Hypnotiseur okkulte oder gar übersinnliche Kräfte besitzt, was ja sehr enttäuschend sein kann, wenn man zum Beispiel glaubt, wie aus Zauberhand Heilung erfahren zu können.

Der Körper und das Bewusstsein bleiben während der gesamten Hypnose aufmerksam für Außenreize. Auch im Alltag kümmern wir uns bewusst nur wenig darum wie es in unserer Umgebung riecht. Registrieren wir aber Brandgeruch, wird sofort die ganze Aufmerksamkeit darauf gelenkt, was ja auch ziemlich sinnvoll ist. Dieses Verhalten ist ein Relikt aus der Steinzeit. Damals, als wir noch Säbelzahntiger gejagt haben oder von ihnen gejagt wurden, waren diese urzeitlichen Instinkte überlebenswichtig.

Manchmal bemerken wir diese auch heute noch, wie im Beispiel vom Brandgeruch oder wenn wir in einem Raum mit vielen Personen im Gespräch vertieft sind und plötzlich herum fahren, wenn irgendjemand den eigenen Namen erwähnt.

Jede Hypnose ist eine Selbsthypnose. Man muss sich schon erlauben, sich in eine Trance sinken zu lassen und aktiv mit-imaginieren, um einen hypnotischen Zustand überhaupt erst erreichen zu können. Letztlich werden nur die ureigensten Fähigkeiten, die man tief in sich trägt, genutzt. Ein Zustand, der im Einklang mit sich selbst steht, könnte man sagen.

Hypnose ist somit eben etwas ganz anderes als Schlaf, wie man das früher fälschlich angenommen hat, worauf auch der Name des Verfahrens »Hypnose« schließen lassen könnte. Das Wort »Hypnose« leitet sich aus dem Griechischen Hypnos = Schlaf ab.
Der Begriff wurde zuerst von dem englischen Augenchirurgen James Braid (1795-1860) verwendet. Er vermutete, dass es sich bei den Phänomenen um einen schlafähnlichen Zustand handelte. Später widerrief er diese Theorie, der Begriff »Hypnose« hatte sich jedoch bereits in der Fachwelt durchgesetzt.

Was Braid in seinen späten Jahren erkannte, kann heute durch EEG- und MRT-Untersuchungen bestätigt werden. Dabei kommt mir der Versuch, anhand bunter Bilder oder

Frequenzkurven unser Unterbewusstsein zu erklären, immer etwas so vor, als ob man einem Elefanten ein Fieberthermometer in den Hintern steckt, um mit den gewonnenen Daten hinter die Geheimnisse seiner Verdauung zu kommen.

1.2 Gängige Vorurteile gegenüber Hypnose

Dem klassischen Bild der Hypnose und zahlreichen Bühnenhypnotiseuren, die auch heute noch dieses verkörpern, sei dank: es spuken zahlreiche Mythen und Legenden um die Hypnose im Kopf von Otto Normalverbraucher herum. Einige von ihnen, die sich hier in erster Linie auf die Fremdhypnose beziehen, möchte ich in diesem Kapitel entzaubern.

Weit verbreitet ist das Vorurteil, man könne unter Hypnose die Kontrolle über den eigenen Körper bzw. die eigene Psyche verlieren.
Hat der Hypnotiseur erst einmal seine Versuchsperson mit seinem »magischen Blick« erfasst, kann er mit ihr machen, was er will.

Tatsächlich ist es aber so, dass eine Hypnose überhaupt nicht zustande kommt, wenn nicht der Klient aktiv mitarbeitet. Ohne Vertrauen zum Therapeuten geht das nicht! Er arbeitet mit der Vorstellungskraft des Klienten und der wiederum bestimmt dadurch durchaus den Inhalt und den Verlauf der Hypnose mit.

Oftmals wird der Hypnotiseur als eine Art Magier angesehen. Er ist, angelehnt an den Auftritt so manches Bühnenhypnotiseurs, ein gesellschaftlicher Außenseiter, besitzt dunkle, stechende Augen, trägt einen langen schwarzen Mantel und ist geübt in den Zeremonien dunkler magischer Rituale.

Vorhin wurde schon das Vertrauen, das zur therapeutischen Arbeit notwendig ist, angesprochen. Der klinische Hypnosetherapeut benötigt somit neben einer fundierten psychotherapeutischen Ausbildung auch Charaktereigenschaften wie: Einfühlendes Verstehen, Selbstkongruenz, Ehrlichkeit, Toleranz und ein hohes Maß an Akzeptanz gegenüber seinen Klienten und deren Wertesystemen.

Manche glauben gar, dass man unter Hypnose die Moral verlieren könnte. Da der Hypnotiseur fähig sei, sein Opfer willenlos zu machen, so würde er aufgrund seiner okkulten Triebe auch versuchen es zu unmoralischen oder kriminellen Handlungen zu missbrauchen. Natürlich mache er sich dann auch hübsche Klientinnen hörig und unterwürfe ihren Willen.

Grundsätzlich kann niemand gegen seinen Willen hypnotisiert werden! Unter Hypnose sind außerdem unsere moralischen und weltanschaulichen Werte keinesfalls ausgeschaltet. Man tut unter Hypnose nichts, was man sonst nicht auch tun würde.

Ein paar Vorurteile, die sich in den Köpfen hartnäckig verankert haben, wurden bereits angesprochen. Von Bühnenshows kennen wir das Phänomen, dass die Versuchspersonen scheinbar einen Erinnerungsverlust für den Zeitraum der Hypnose erlitten haben. Der Hypnotiseur ist also fähig, uns auch noch der letzten Kontrollmöglichkeit über unseren Verstand zu berauben, indem wir einfach das Geschehene vergessen.

Wir vergessen täglich hunderte von Dingen. Tatsächlich entscheidet unser Verstand ständig zwischen wichtigen und unwichtigen Informationen. Die Hypnose bedient sich vielmehr der Mittel um Informationen, die verschüttet wurden, aufzudecken als der Amnesie wichtiger Ereignisse.

Wenn es nun so ist, dass alle dieser Vorurteile über die Hypnose nicht zutreffen, dann bekommt die ganze Sache

doch noch einen faden Beigeschmack. Der Hypnotiseur ist eben nicht allmächtig. Somit ist es auch nicht möglich, dass der Klient lediglich passiver Teil der Therapie ist und ohne eigene Mitarbeit, sozusagen wie aus Zauberhand, Besserung erfährt.
Ohne Zweifel ist Hypnose ein wunderbares Mittel um neue oder lang vergessene Ressourcen in jemandem zu wecken. Wenn allerdings der Klient maßgeblich an der Gestaltung der Hypnose mitwirkt, so kann die Ausübung einer Hypnosetherapie nicht reduziert werden auf das Anwenden eines simplen Rituals.

Weil wohl jeder, der sich mit Hypnose oder Selbsthypnose beschäftigt, früher oder später von Bekannten oder Interessierten zum Thema Bühnenhypnose befragt wird, möchte ich noch einige Sätze zu diesen Auswüchsen des modernen Entertainment loswerden.

Als ich vor einiger Zeit wieder einmal auf Entdeckungstour im Internet war, bin ich unter anderem auch auf die Seite eines bekannten Bühnenhypnotiseurs gelandet und nicht, wie mir das vielleicht beim Lesen der ersten Wörter dieses Satzes schon so mancher unterstellen wollte, auf einschlägigen Seiten mit leicht bekleideten Damen. Dass dies keinesfalls ein abartiger Gedanke ist, möchte ich Ihnen kurz schildern:

Während meiner Tätigkeit als Programmierer war ich einmal dabei, meinen E-Mail Eingang zu kontrollieren. Zu dieser Zeit war es gerade Mode geworden, die Mailserver großer Internetprovider mit hunderten von Spam-Mails zu verseuchen. Das sind kleine, zumeist unnütze Werbebotschaften, die millionenfach ins Internet gestreut werden.

Als ich eine Mail angeklickt hatte, um sie zu lesen, öffnete sich plötzlich meine Bürotür und ein Kollege kam herein. Ich wandte mich ihm und meinem Monitor den Rücken zu. Mir fiel auf, dass der Kollege an diesem Tag ziemlich verwirrt aussah. Es verwunderte mich etwas, da ich normalerweise nicht verunsichernd auf meine Mitmenschen wirke und ich fragte mich, ob mir unser Manager wohl doch die Projektleitung übertragen hatte und mein Kollege beim Anblick so geballter Führungskraft erdrutschartig an Selbstbewusstsein verloren hatte.

Als er das Büro verlies und ich mich wieder meinen E-Mails zuwandte, fiel es mir wie Schuppen von den Augen, was ihm Schwierigkeiten bereitete, so locker wie sonst zu sprechen. Beim letzten Mausklick hatte sich ein Pop-up-Fenster geöffnet und im Vollbildmodus war ein 30 cm erigierter Monsterpenis zu sehen, über dem die Letter: »enlarge your penis by using penis enlargement exercises« prangten.

Dass der Kollege zukünftig, bei Besprechungen, eine Sitzreihe im Konferenzraum Sicherheitsabstand zu mir warte, wird vor dem Hintergrund dieser Vorgeschichte verständlich.

Zurück zur Internetseite des bekannten Bühnenhypnotiseurs: Dort fand ich ein Foto von einem jungen Mann, der mit heruntergelassenen Hosen, die er verkehrt herum trug, abgelichtet worden war. Das Bild stammte aus einer ganzen Reihe von Fotos, die während einer Bühnenhypnose aufgenommen wurden.

Ich stellte mir die Frage, ob der junge Mann dies tat, weil er so tief in Trance war, dass man mit ihm, entgegen aller Vernunft, machen konnte, was man wollte oder ob er einfach nur seinen Stringtanga und das, was er mehr oder weniger verhüllen sollte, für so umwerfend attraktiv hielt, dass jeder dies bewundern müsste.

Mir fiel dann ein, dass das Internet bestimmt eine Milliarde User hat, die alle eingeladen waren, Zeuge dieser Bühneneinlage zu werden – welch ein imposantes Publikum, um sich zu blamieren. Sofort nahm ich bei diesem Gedanken den Finger aus der Nase. Es hätte ja sein können, dass irgendein voyeuristischer Bühnenhypnotiseur, aus Rache für meinen selbstgerechten Schreibstil, gerade seine Webcam auf mich richtete.

Meiner Meinung nach ist die Showhypnose ein Relikt aus vergangenen Tagen, wo sie auch besser aufgehoben wäre als in der heutigen Zeit. Im 16. Jh. war es ja auch Sitte, auf dem Jahrmarkt von so genannten »Zahnbrechern« öffentlich Zähne ziehen zu lassen.

Man muss dies einmal bildhaft auf die heutige Zeit transformieren: Auf dem Oktoberfest zieht ein Metzgermeister mit einer halben Meter langen Zange den eitrigen Backenzahn eines Besuchers.

Die erste Reihe der Zuschauer darf sich dabei von der Echtheit des umherspritzenden Blutes und Eiters taktil und geschmacklich überzeugen, während die Menge in einer alkoholgeschwängerten Atmosphäre grölend applaudiert. Zugegeben, dieses Szenario und da wird mir jeder zustimmen, der schon einmal auf dem Oktoberfest war, ist gar nicht so weit hergeholt.

Die meisten Menschen werden mir zustimmen, das hoffe ich zumindest, dass chirurgische Instrumente in die Hände eines erfahrenen Mediziners gehören. Weshalb setzen wir für das Anwenden von Hypnose immer noch andere Maßstäbe?

Es gibt in Deutschland sogar einen Verband, deren Mitglieder munter unter der Woche Hypnotherapie in ihrer Praxis durchführen und am Wochenende dann als Showhypnotiseure auf der Bühne stehen. Dazu kann ich nur, frei nach Christian Wallner (dt. Schriftsteller und Kabarettist), sagen: *»Wer für alles offen ist, kann nicht ganz dicht sein.«*

1.3 Wann wird Hypnose eingesetzt?

Aus manchen Filmen kennen Sie bestimmt noch die Bilder von Hypnosen im Stil: »Einreden« zur »Umprogrammierung«. Spätestens seit Milton Erickson gehört dies zumindest bei der modernen Hypnotherapie der Vergangenheit an. Die Möglichkeiten des Einsatzes der Hypnose zu therapeutischen Zwecken, aber auch im Bereich Selbstorganisation und Persönlichkeitsmanagement, haben sich damit wesentlich erweitert.

Wahrscheinlich hatten Sie, als Sie dieses Buch gekauft haben, bereits eine mehr oder weniger konkrete Vorstellung davon, wie Sie die Selbsthypnose für sich nutzen möchten. Die Anwendungsgebiete, die ich Ihnen nachfolgend vorstellen werde, beziehen sich in erster Linie auf den Einsatz von Fremdhypnose, weil es hierzu die Mehrzahl an Studien und wissenschaftlichen Belegen gibt.

Da jede Hypnose, wie Sie noch in einem späterem Kapitel lesen können, zunächst einmal eine Selbsthypnose ist, gelten somit für die Selbsthypnose, bis auf wenige Ausnahmen, die gleichen Indikationen.

Die Hypnotherapie hat heute Einzug in viele Therapieverfahren gehalten. Sie wird aber auch als eigenständige Therapieform praktiziert. Genauso breit ist ihr Anwendungsfeld.

Es ist fast einfacher, die Bereiche aufzuzählen, in denen Hypnose nicht angewendet wird, etwa bei akuten psychotischen Zuständen, wie im schizophrenen Schub, oder in einer manischen Phase. Auch bei bestimmten Persönlichkeitsbildern muss der Einsatz der Hypnose überdacht werden, wie z.B. bei der Borderline-, narzistischen oder histrionischen Störung.

Sollten Sie sich zu diesen Personen zählen, sich momentan in einer großen persönlichen Krise befinden, sich in psychiatrischer oder psychotherapeutischer Behandlung befinden, dann sprechen Sie Ihre Möglichkeiten, Selbsthypnose anzuwenden mit Ihrer Therapeutin bzw. ihrem Therapeuten ab. Sie werden sich über Ihr Engagement freuen und mit Ihnen zusammen das Potential, das Sie mitbringen, optimal nutzen.

Je nachdem, in welchem Bereich heute Hypnose eingesetzt wird, unterscheidet man die »Hypnotherapie«, die im Rahmen der Psychotherapie verwendet wird, für den medizinischen Bereich die »Klinische Hypnose« und die »Zahnärztliche Hypnose«.

Dass die Hypnotherapie wirksam ist, wurde in über 200 Studien, in den unterschiedlichsten Bereichen, nachgewiesen. Die nachfolgende Liste beinhaltet die Anwendungsgebiete, in denen in der Zwischenzeit eine wissenschaftliche Wirksamkeit vorliegt:

- Psychosomatische Störungen:
  Chronische Schmerzen, Migräne, Kopfschmerz, Reizdarmsyndrom, Morbus Crohn, Colitis ulzerosa, Asthma, Heuschnupfen, Hypertonie usw.
- Verhaltensstörungen:
  Rauchen, Essstörungen, Nägelkauen, Bettnässen, berufliche und sportliche Leistungssteigerung
- Psychoneurotische Störungen:
  Angststörungen, Zwangserkrankungen, Phobien, Depressionen, Posttraumatische Belastungsstörungen, Dissoziative Störungen

- Somatische Störungen:
  - Geburtshilfe, operative Eingriffe, postoperative Schmerzen, Migräne, Kopfschmerz, Zahnmedizin
  - Warzen, Ekzeme, Entzündungen.
  - Schlafstörungen, Süchte.
  - Blutungskontrolle, Durchblutungsförderung, Morbus Raynaud, Wundheilung.
  - Adjuvantiv bei Tumorpatienten.
  - Amnesien, Rehabilitation von Hirnläsionen.

Da sich dieses Buch hauptsächlich mit Selbsthypnose beschäftigt, möchte ich es nicht versäumen, eine Liste hinzuzufügen, die sich speziell mit dieser Anwendung der Hypnose beschäftigt. Natürlich ist dies nur ein kleiner Auszug aus den tatsächlichen Möglichkeiten, die Hypnose zum persönlichen Wachstum zu nutzen.

- Beziehungsprobleme (Partnerschaft und Familie)
- Lebens(um)gestaltung
- Leistungssteigerung in Sport und Beruf
- persönliches Wachstum
- Selbstverwirklichung
- Stressbewältigung
- Persönlichkeitsmanagement
- uvm.

Innerhalb der therapeutischen Arbeit wird Hypnose am erfolgreichsten bei Ängsten, Depressionen, Zwängen und Süchten eingesetzt. Zahlreiche psychosomatische Leiden, Krankheiten, bei denen psychische Belastungen körperliche Symptome hervorrufen, wie z.B. Migräne und Schlafstörungen zählen ebenfalls zum Anwendungsgebiet. Aber auch rein körperliche Beschwerden, wie z.B. Herpessimplex, Warzenleiden oder akuter und chronischer Schmerz, können positiv durch Hypnose beeinflusst werden. So gibt es in der Fachliteratur beeindruckende Fallbeispiele von Behandlungen des Herz-Kreislauf-Systems, bei denen es gelang, den Blutdruck langfristig zu senken. Patienten mit Neurodermitis konnten mittels Hypnose eine deutliche Besserung des Hautbildes erreichen.

Eine Studie befasste sich damit, dem Einfluss von Hypnose einerseits und Stress andererseits auf allergische Reaktionen zu untersuchen. Die Versuchsleiter benutzten dabei einen Allergiestempel, den auch Dermatologen zur Allergiediagnose einsetzen, um eine Hautreaktion zu provozieren. Im ersten Versuchsszenario wurden die Teilnehmer einer 25minütigen Stresssituation ausgesetzt, im zweiten erlebten sie 25 Minuten lang eine Hypnose.

Das Ergebnis lies die Fachwelt die Ohren spitzen. Obwohl die Hautreaktion auf den Stempel erst 48 Stunden nachdem er angewendet wurde, beurteilt werden kann, zeigte sich nach der Hypnose eine deutlich geringere Rötung und Schwellung.
Aber auch das Blutbild, das man zur Kontrolle von den Versuchspersonen anfertigte, wies eindeutige Veränderungen auf. Die Lymphozyten nahmen zu und die neutrophilen Leukozyten ab, beides Parameter für eine reduzierte allergische Reaktion. Es wurde mit diesem Versuch also wissenschaftlich nachgewiesen, dass Hypnose sich unmittelbar auf physiologische Vorgänge im Körper auswirkt.

So mancher Arzt hat die Vorzüge der Hypnose auch für den klinischen Bereich entdeckt. So arbeiten z.B. Gynäkologen damit, um schmerzhafte Eingriffe vorzubereiten und dabei nicht die übliche Nashorndosis Anästhetika benutzen zu müssen. Auch so manche Onkologin oder so mancher Onkologe bedient sich dankbar aus dem Repertoire der Hypnotherapie um etwa den Schmerz und die Angst oder die Übelkeit bei der Chemotherapie zu vermindern.

In Deutschlang gibt es eine Gesellschaft für zahnärztliche Hypnose, die Zahnärzte in Hypnose ausbildet.

Ich denke, ich brauche niemand die Vorzüge eines entspannten Zahnarztbesuches näher erläutern.

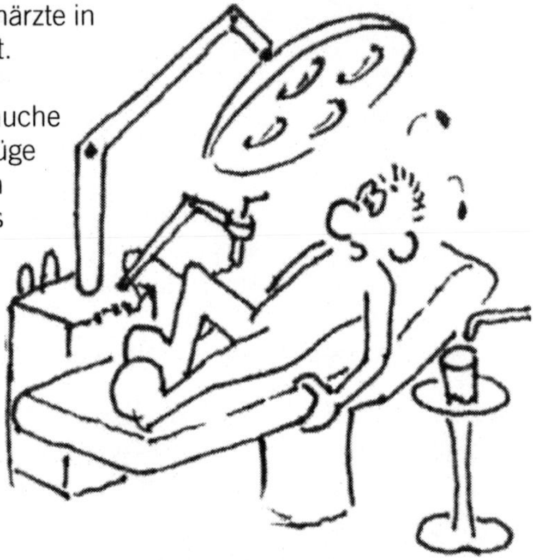

GANZ LOGGGER...

Der Hessische Rundfunk zeigte vergangenes Jahr einen interessanten Film von Joachim Faulstich, mit dem Titel »Rätselhafte Heilung. Wunder an den Grenzen der Medizin«. Darin wurden auch zwei beeindruckende Genesungsgeschichten von Menschen geschildert, die mit Hypnose behandelt wurden.

Ein Patient hatte einen Schlaganfall erlitten, der ihn an den Rollstuhl fesselte. Auch seine kognitiven Fähigkeiten waren stark beeinträchtigt worden, sodass er nach dem Trauma die geistigen Fähigkeiten eines Kindes besaß.

An einer Klinik in Heidelberg wurde der Patient unter Hypnose Schritt um Schritt zu einem unterbewussten Bereich seiner selbst geführt, in dem die motorischen Fähigkeiten des Patienten noch vorhanden waren. Nach einigen Sitzungen konnte er tatsächlich Kontakt zu dem fehlenden linken Körperbereich, der vollständig gelähmt war, herstellen. Er fand zu seinen intellektuellen Fähigkeiten zurück und ist in der Zwischenzeit nicht mehr auf den Rollstuhl angewiesen.

Eine andere Patientin hatte einen Riss in der Hornhaut des rechten Auges, der nicht mehr verheilte. Sie wurde ebenfalls mit Hypnose erfolgreich behandelt und war auch bei einer Nachuntersuchung, drei Jahre nach der Therapie noch beschwerdefrei und gilt seither als medizinisch dauerhaft geheilt.

Es soll mir mit diesen Beispielen nicht darum gehen, die Hypnose als Wunderwaffe, gegen die selbst noch so aussichtslosesten Krankheiten, darzustellen. Sie sollen lediglich verdeutlichen, welches imposante Potential in jedem Individuum steckt, das in manchen Fällen weit über das hinaus geht, was wir vermeintlich imstande sind zur eigenen Genesung beizutragen.

1.4 Wo kommt die Hypnose her?

Die Luft war rauchverhangen. Es lag ein schwerer, fast schon hypnotisierender Duft in den kühlen Räumen des Tempels, der zu Ehren der Gottheit Serapis erbaut wurde. Es waren unruhige Zeiten. Die Griechen hatten die Herrschaft über das Land erlangt.

ANÁRGIROS – 1. SOLDAT DES GENERALS

Es war eine sternenklare Nacht und der Mond hatte beinahe seine volle Größe erreicht. Die Augen der Männer, die in lange Umhänge gehüllt durch die katakombenartigen Korridore huschten, passten sich erst allmählich an die Dunkelheit an. Nur vereinzelt warfen rußende Fackeln ihr schimmerndes Licht in die Gänge.

Sie hatten ihr Ziel beinahe erreicht. Anárgiros, war jung an Jahren, doch seine Körpergröße und Athletik waren imposant und brachten ihn schon sehr früh einen gehörigen

Respekt von den zumeist älteren Menschen ein, die ihn umgaben.

Er hatte es geschafft, wovon viele in seinem Alter nur zu träumen wagten, er hatte es zum Gesandten seines Generals Ptolemaios gebracht. Diesmal war er mit einer besonders heiklen Aufgabe beauftragt worden. Sagenhaft und geheimnisumwogen war seine Mission und obwohl er bereits die fantastischen Bauwerke in diesem fremden Land gesehen hatte, die man zu Ehren der hiesigen Gottheiten errichtete, konnte er dem keinen rechten Glauben schenken, was er hier erfahren sollte.

Anárgiros hatte Mühe seine klaustrophobischen Ängste zu unterdrücken. Er zwängte sich in diesen 30 Meter langen, tunnelförmigen Gang, dessen einzige Beleuchtung vom Fackelschein aus einem Raum am Ende her rührte.

Die Priester des Tempels waren nicht darauf bedacht, ihm mit Höflichkeitsfloskeln willkommen zu heißen, viel zu beschäftigt waren sie mit der Vorbereitung eines fremdartigen Rituals.

Im Zentrum des Raumes, in dem einer der Priester begann, die Fackeln bis auf eine einzige zu löschen, saß ein Junge, der apathisch auf einen Mann blickte. Dieser hatte sich, ganz so, wie es Schlangenbeschwörer tun, mit seiner ganzen eindrucksvollen Gestalt vor ihm aufgebaut und hielt einen seltsamen Gegenstand in seiner Hand. Der Körper des Jungen war vollkommen erstarrt, nur seine dunklen Augen folgten dem metallischen Gegenstand, der im schummrigen Licht der Fackel aufblitzte.

Von diesem Jungen sollte Anárgiros also erfahren, wie es um die Geschicke seines Generals bestimmt war.

So ähnlich könnte sich die Geschichte zugetragen haben, die in einer ägyptischen Schriftrolle aus dem dritten Jahrhundert vor Christus entdeckt wurde.
Sie ist eines von zahlreichen historischen Dokumenten, die bestätigen, dass die Hypnose bereits seit tausenden von Jahren eingesetzt wird.

Die ältesten Zeugnisse für den Gebrauch der Hypnose finden sich bei den Sumerern (6000 v. Chr.), die einen heilsamen Schlaf beschrieben, den man mit besonderen spirituellen Ritualen hervorgerufen hat.
Auch im Mahabharata, dem großen indischen Volksepos, das zwischen 400 v. Chr. und 400 n. Chr. entstanden ist, wird von der Anwendung der Hypnose berichtet.
Die antiken Griechen richteten schon ca. 400 v. Chr. Schlaftempel ein. In Berichten finden sich Zeugnisse von zahlreichen Heilungen, so sollen Krankheiten wie Handlähmung, Blindheit und Hautmale kuriert worden sein.
Die Tradition der Anwendung von Hypnose in Schlaftempeln verbreitete sich im Laufe von über 1000 Jahren über Griechenland, Rom, Ägypten und Karthago.
Bei den Naturvölkern außerhalb Europas gehört die hypnotische Trance zum Leben wie bei den Naturvölkern Bayerns das Weißbier zur Weißwurst.

Von australischen Medizinmännern erzählt man sich, sie könnten während bestimmter Initiationsriten Körper öffnen und narbenlos wieder verschließen.
Ehrlich gesagt bin ich ganz froh darüber, dass diese Geschichten ins Reich der Mythen und Legenden gehören und noch kein Klient mit dieser Aufgabenstellung in meine Praxis kam.

Der englische Berichterstatter Bastian schreibt um 1890 über die Eingeborenen in Britisch-Guyana, sie würden Kopfschmerzen mit einem hypnotischen Schlaf heilen.

Die Indianer Amerikas benutzen rhythmische Tänze um in einen Trance-Zustand zu gelangen und dort Verbindung mit ihren Ahnen und Gottheiten aufzunehmen.

Machen wir einen größeren Sprung in der Geschichte der Hypnose: In der frühen Neuzeit finden sich sogar im Christentum Berichte von der Verwendung hypnotischer Techniken – mit zweifelhaften Motiven freilich.

Der Pater Johann Joseph Gassner betätigte sich im 18. Jahrhundert als Landpfarrer in der Schweiz. Er hatte dort auch das Amt des Exorzisten inne.

Er verfasste ein Lehrbuch über seine Tätigkeit und beschrieb darin die verschiedenen Formen der Besessenheit. Er hatte auch ein eigens von ihm entwickeltes »Behandlungsverfahren« zur Hand, mit dem er die Besessenen heilte.

Er bewies, das Teufel in einem Menschen wohnten, indem er Krämpfe in deren Glieder fahren lies. War dieser Beweis der Besessenheit erbracht, befahl er den Teufeln mit der Macht, die er somit über sie erhalten hatte, auszufahren.

ICHHH BIIN DA SCHWIEZER SEPPI GASCHNER

Die von Gassner geschilderten Symptome der Besessenheit würden heute wohl eher dem Formenkreis der »Dissoziativen Störung« zugeschrieben werden.

Im 18. Jh. betritt eine ziemlich schillernde Figur die Bühne der Wissenschaft: Franz Anton Mesmer (1734-1815) – ein wahrer Tausendsassa der Naturwissenschaften der Querbeet verschiedenste Disziplinen in einen Topf warf um daraus ein Süppchen allerlei skurriler Methoden zu entwickeln.

Nachdem Mesmer Theologie, Philosophie, Jura und Medizin studierte, schrieb er in seiner Dissertation über den Einfluss der Gestirne auf den Körper.

Er stellte die Theorie des animalischen Magnetismus auf, mit dessen Hilfe er Heilungen durchführte. Er postierte dabei meistens ein kleines Grüppchen Menschen um ein Holzfass, aus dem Eisenstangen herausragten. Die Stangen standen in Verbindung mit »magnetisiertem Wasser«, das sich im Inneren des Holzfasses befand. Berührte jetzt jemand mit einer kranken Körperstelle die Eisenstange, wurde er geheilt. Zur Verstärkung des Effektes lies Mesmer Musik einspielen und verwendete große Spiegel, die Lichtreflexionen auf die »Delinquenten« warfen.

Irgendwie muss man Mesmer auch verstehen. Er lebte in einer Zeit, in der gerade die großen physikalischen Entdeckungen von Newton, Volta und Galvani gemacht wurden. Eine Zeit, in der die Wissenschaft glaubte, alles über unsere Existenz zu wissen. Selbst das Geheimnis des Lebens schien durch die elektrischen Versuche Galvanis entschlüsselt worden zu sein, er war ja schließlich in der Lage, tote Körper in Bewegung zu versetzen. Was lag da näher, als die hypnotischen Phänomene physikalisch durch die Kraft des Magnetismus zu erklären.

Dennoch konnte er eine von Ludwig den XVI. eingesetzte Untersuchungskommission nicht von seinem Verfahren überzeugen. Männer wie Franklin und Guillotin, die der Kommission angehörten ließen den Versuch, den animalischen Magnetismus wissenschaftlich anzuerkennen, scheitern.

Leider kann und will die Hypnosegeschichte hier nicht vollständig, bis ins Detail aufbereitet werden. Ich hoffe Sie verzeihen mir und begleiten mich, mit einem großen chronologischen Sprung, hinweg über das Wirken von James Braid, Hippolyte Bernheim, Auguste Ambroise Liébeault, und Martin Charcot, zum »Godvather Of Psychotherapy«.

Immer noch erzittern hunderte von Menschen seinetwegen, wenn sie das Wort Unterbewusstsein hören. Er ging davon aus, das Unterbewusstsein sei so ein trübes dunkles Loch, in dem sich allerhand dreckeliche Sexualtriebe tummeln.

Natürlich, ich meine Sigmund Freud (1856-1939), den Begründer der Psychoanalyse.

Kennen Sie die Geschichte, wo ein Passant einen Psychoanalytiker nach dem Weg zum Bahnhof fragt? Nicht? Der Passant fragt nach dem Weg zum Bahnhof. Der Psychoanalytiker antwortet: »Meinen Sie diese dunkle, schwarze Höhle, in die etwas langes, hartes hinein fährt?«
Während eines Studiums bei Charcot in Paris, lernte Freud die Hypnose kennen. Er war fasziniert von der Möglichkeit unter Hypnose Symptome auftreten und wieder verschwinden zu lassen. Charcot führte dazu zahlreiche Ex-

perimente durch. Er war der Meinung, es bestünde eine Verbindung zwischen der Hypnose und der Hysterie, weil es in Trance möglich war, ähnliche Symptome auftreten zu lassen. Mit diesen und ähnlichen Erkenntnissen brachte es Charcot immerhin zum berühmtesten Neurologen des ausgehenden 19. Jh.

Tragisch (für die Hypnosetherapie) endet die Begegnung Freuds mit dem Internisten Josef Breuer. Breuer setzte als Therapieform auf die »kathartische Methode« der Hypnose, bei der der Patient eine Art Nervenzusammenbruch erleidet und durch diese innere Reinigung Heilung erfährt.

Wie das so ist mit Freundschaften unter zwei erfolgsfokussierten Menschen: man kommt sich leicht in die Haare. Nach außen hin muss sich dann eben ein plausibler Grund finden, weshalb sich zwei Größen der psychischen Medizin, zwei Bravurbeispiele an Selbstreflexion miteinander brechen. Die erkenntnistheoretischen Ansichten über die gemeinsame wissenschaftliche Arbeit klaffen dann oft zu weit auseinander, als dass man den Weg weiter gemeinsam beschreiten könne. In Freuds und Breuers Fall, waren das die unterschiedlichen Ansichten zum Thema Hysterie.
Freud wendete sich damit nicht nur von seinem früheren Freund Breuer ab, sondern auch von dessen »kathartischer Methode«. Die persönliche Verletzung muss tief gesessen haben, denn er verteufelte von nun an die gesamte Hypnose als nutzloses Verfahren.

Etwas versöhnlich muss ich eingestehen, dass die Hypnose, so wie sie zu Freuds Wirkzeiten angewandt wurde, oftmals geradezu ein Klischee der Vorurteile verkörperte, die in einem vorherigen Kapitel genannt wurden.

Und wie schon einmal kurz vorher in der Geschichte, unter Charcot, geriet die Hypnose abermals in Verruf und der bärtige, zornige Mann, der dafür verantwortlich war, wurde zum berühmtesten Psychotherapeuten des 20. Jahrhunderts.

Mancher mag sich jetzt fragen, wie es der Hypnose doch noch einigermaßen gelungen ist, am Anfang des 21 Jahrhunderts zwar keine Berühmtheit, zumindest aber Anerkennung zu erlangen?

Irgendwann kam ein anderer bärtiger, dafür etwas weniger zorniger Mann zu der Erkenntnis, das es nicht unbedingt eines Übertherapeuten bedarf, der ein Stück seiner genialen intrapsychischen Konfliktbewältigungsstratgien abgibt, um Probleme zu bearbeiten.

Er dachte so bei sich: jeder Mensch hat eigentlich schon die notwendigen Fähigkeiten um sein Problem selbst zu lösen.

Es kommt halt nur manchmal vor, das jemand vergisst, dieses Wissen zu besitzen. So begab sich dieser Mann auf die Suche nach diesem besonderen Wissen.

Sein Name war Milton Erickson (1901-1980), der ein revolutionäres neues Zeitalter für die Hypnose als therapeutisches Verfahren einläutete. Der amerikanischer Arzt und

Psychiater gilt heute als Vater der modernen Hypnotherapie.
Er setzte vor allem auf die Wirkung von Metaphern, die den engen Bezugsrahmen des Patienten durchbrechen und neue oder verschüttete Ressourcen wecken sollten. Seine indirekten Suggestionen, ganz im Gegensatz zum autoritären Stil der vergangenen Tage, markieren einen Wendepunkt in der Geschichte der therapeutischen Hypnose.

Erickson formulierte ein zentrales Prinzip, nach dem er arbeitete, die Utilisation. Alles, was der Patient mitbringt wird in der Therapie genutzt. Damit wandelte er die Hypnose von einem vormals starren Ritual, in eine humanistische Therapieform.

Die Hypnoseforschung hat in den letzten zwanzig Jahren viele neue Erkenntnisse gewonnen. Heute existiert eine Vielfalt von Therapieschulen, die mit den unterschiedlichsten Ansätzen der Hypnose kombiniert werden.

Das herausragende Kennzeichen der modernen Hypnosetherapie ist für mich nach wie vor die Utilisation. Utilisation bedeutet wörtlich, etwas nutzbar machen. Erickson ging von der Annahme aus, das jeder Mensch über eine Unzahl potentieller Ressourcen verfügt, von denen die meisten wahrscheinlich gar nicht bewusst sind. In der Hypnotherapie geht es jetzt darum, diese zu finden und sie nutzbar zu machen = Utilisation.

Erickson hat seine Ressourcentheorie konsequent weitergedacht. Auch so genannte Probleme, Störungen oder Symptome waren für ihn Ressourcen. Er sah eine Krankheit als Lösungsversuch des Organismus an, die einen Menschen vor Überforderung schützen sollte. Ein überreiztes Nervensystem, wie es beim Tinnitus etwa der Fall ist, war für Erickson die logische physiologische Reaktion, sich von der schädigenden Umwelt abzugrenzen.

Werden diese, ursprünglich als Problem definierten Phänomene utilisiert und das Ressourcenpotential darin genutzt, trägt dies meist erheblich zu einer echten Lösung bei, wenn diese neue Bedeutungsgebung mittels Hypnose auf einer tieferen unbewussten Ebene integriert wird.

1.5 Wie wirkt die Hypnose?

Wie das so ist, mit Dingen, die sich wissenschaftlich (noch) nicht bis ins letzte Detail erklären lassen: es werden zahlreiche schlaue Menschen auf den Plan gerufen, die meinen, ihr persönliches Weltbild sei so umfassend, dass man damit Licht hinters Dunkel solch unerforschten Terrains bringen könne.

So kommt es, dass es heute fast ebenso viele Theorien zur Wirkweise der Hypnose gibt, wie es selbsternannte schlaue Leute gibt. Wenn ich also in diesem Kapitel versuche zu erklären, wie Hypnose wirkt, dann habe ich ein Auge dabei auf die Theorien gerichtet, die meinem persönlichen Weltbild am nächsten stehen. Das das nicht sehr objektiv sein kann, wird sich der engagierte Leser denken können.

Das wirklich entscheidende ist doch aber, dass dieses Verfahren, welches seit Jahrtausenden angewendet wird, funktioniert und dass man sehr erfolgreich damit arbeiten kann.

Im Übrigen hat das »Theorienproblem« ja nicht nur die Hypnose. Man denke nur einmal an die traditionelle chinesische Medizin, die auf einen in 5000 Jahren gereiften Erfahrungsschatz zurückgreift, ohne dass man befriedigend erklären könnte, weshalb sie wirkt.

Ich denke, ein pragmatischer Erklärungsansatz könnte sein, sich damit zu beschäftigen, wie unser Verstand denn überhaupt mit den Informationen umgeht, die er erhält. Dazu möchte ich Ihnen ein paar Fragen stellen:

Welche Farbe hat Badewannenschaum?
Welche Farbe haben Schneeflocken?
Welche Farbe hat das Häschen des Zauberers?
Welche Farbe hat der Mittelstreifen auf den Straßen?
Welche Farbe haben Schäfchenwolken?
Welche Farbe hat der Augapfel außerhalb der Iris?
Welche Farbe haben Eierschalen?
Was trinken Kühe?
Was trinken Kühe wirklich?

Ich weiß natürlich nicht, an was Sie bei der vorletzten Frage gedacht haben, ich für meinen Teil lag zu hundert Pro-

zent falsch: Kühe trinken natürlich Wasser und nicht etwa Milch.
So einfach lässt sich unser bewusster Verstand also täuschen. Das Prachtstückchen, das 2 Milliarden Jahre Evolutionsgeschichte hervorgebracht hat – durch ein paar dämliche Fragen ausgeschaltet.

Es ist die Art und Weise, wie wir Informationen verarbeiten, die es ermöglicht uns so leicht in die Irre zu führen. Zuerst entsteht einmal ein Bild in unserem Gedächtnis, wenn wir einen Input bekommen, also etwas sehen, hören oder fühlen. Wir vergleichen es im zweiten Schritt mit dem, was wir im Laufe unseres Lebens an Erfahrungen angesammelt haben, ob da nicht eine ähnliche Information bereits vorhanden ist.

So wird es auch verständlich, dass es unmöglich ist, sich »Nichts« vorzustellen. Hierzu müssten wir uns ja gerade das, was wir uns nicht vorstellen sollen in Erinnerung rufen:

...ein schwieriges Unterfangen. Zuerst kramt unser Unterbewusstsein ein Bild irgendwo aus der Großhirnrinde hervor, auch wenn wir das manchmal bewusst gar nicht bemerken und Schwups, steht er vor unserem geistigen Auge, der Eisbär Knut, mit süßen rosa Gummistiefeln an seinen vier Pfoten. Erst danach findet die bewusste Verarbeitung statt.

Man könnte also sagen, dass unser Unterbewusstsein wesentlich unser Handeln bestimmt. Manche Wissenschaftler gehen sogar soweit, dass sie behaupten, unser bewusster Verstand, das worauf wir uns immer unserer überlegenen Intelligenz gegenüber anderen Spezies rühmen, tatsächlich nur eine Erfindung unseres Gehirns ist, um uns vorzugaukeln, wir hätten auch etwas zu sagen.

Ich möchte versuchen Ihnen zu erklären, weshalb hypnotische Suggestionen, also das, was man in einer Hypnose so erzählt bekommt, wirken. Im Wesentlichen beruht das auf Regeln, die auch bei der täglichen Kommunikation gelten. In hypnotischer Trance potenzieren sich diese durch die starke Verschiebung der Aufmerksamkeit, hin zu einer eher unbewussten Tätigkeit, nochmals um ein Vielfaches.

Jeder kennt das Prinzip der sich selbst erfüllenden Prophezeiungen. Wenn ich eine gewisse Erwartungshaltung habe, dann ist die Wahrscheinlichkeit größer, dass diese Erwartung eintrifft, als wenn ich sie nicht hätte. Denken sie nur einmal an die vielen Unfälle, die immer am Freitag, den 13. passieren.

Wenn ich fest davon überzeugt bin, dass ich von meiner Frau enttäuscht werde, dann wird das auch mit nahezu 100prozentiger Wahrscheinlichkeit eintreffen. Dieses Prinzip zeigt sich sehr plastisch in einem Witz, den ich kürzlich gehört habe:

Ein Mann kaufte einmal mit seiner Frau bei IKEA einen Wandschrank und baute ihn anschließend in vier Stunden mühseligster Arbeit zusammen. Am nächsten Morgen, der Mann war bereits im Büro arbeiten, brach der Schrank

plötzlich zusammen, als der Pendlerzug an der nahe gelegenen Bahnlinie vorbei fuhr.
Ganz hilflos rief die Frau beim IKEA-Service an, der ihr auch gleich einen Arbeiter schickte. Sie schilderte ihm ihr Problem, er baute den Schrank wieder auf und wartete auf den nächsten Zug.
Da brach der Schrank erneut zusammen. Der IKEA-Mitarbeiter baute ihn wieder auf. Äußerlich konnte er keine Schwachstellen finden und so stieg er in das Innere des Schrankes, um ihn zu inspizieren und machte die Tür zu.

In diesem Moment kam der Mann nach Hause: seine Frau im Morgenmantel vor dem Wandschrank, er in Rage: »Wo ist er? Sicher im Schrank!« Er riss die Tür auf und fand den Arbeiter. Der sagte nur: »Okay, scheuern Sie mir am besten gleich eine, Sie werden es ja doch nicht glauben, dass ich hier auf den nächsten Zug warte.«

In der Hypnose nutzt man dieses Prinzip, um den Fokus auf ein positives Ziel zu setzen. Gehen wir doch einmal optimistisch davon aus, dass in jedem Menschen eine Art Blaupause existiert, wie ein Organismus normalerweise zu funktionieren hat. Durch ein konkretes Bild von einem Ziel, dass man zu erreichen sucht, z.B. von einem intakten Bein, dass zuvor gebrochen wurde, könnte ein komplexer Heilungsmechanismus aktiviert werden, der auf Grundlage dieser Blaupause arbeitet.

Es ist nicht möglich, zwei Gedanken gleichzeitig nachzugehen, die offensichtlich in Konflikt zueinander stehen. Man kann nicht zugleich in seinem neuen 320 SL mit 230 über die Autobahn fahren und sich in Gedanken mit Ressourcenschonung beschäftigen. So können für den Zeitpunkt der Hypnose und der Beschäftigung mit z.B. dem heilenden Bein, keine negativen Selbstsuggestionen auftreten, wie wir sie uns oft im Alltag machen: »Aua – tut das weh…«

Jede Vorstellung, jeder noch so kleine Gedanke macht sich auch physiologisch bemerkbar. Das heißt, dass unser Körper ständig im Austausch mit unserer Psyche ist und umgekehrt. Bilder von sich weitenden Schläuchen, können z.B. eine Blutdrucksenkung hervorrufen.

Das ist natürlich von großem Nutzen in der Hypnose, denn es ermöglicht es überhaupt erst, psychosomatische Leiden erfolgreich zu behandeln.

Der aufgeklärte Mensch neigt ja dazu, alle ihn unbekannten Phänomene zu ergründen. Ich selbst zähle mich durchaus auch zu dieser Gattung. Das tut er mal mit mehr, mal mit weniger Erfolg.

Wir leben in einer spannenden Zeit, in der die modernen bildgebenden Diagnoseverfahren eine Flut von neuen Erkenntnissen ans vormalige Ufer der Ahnungslosigkeit geschwemmt haben. Das hat natürlich auch Auswirkungen auf unser Verständnis über die Mechanismen, die sich hinter dem Phänomen Hypnose verbergen.

Die Neurowissenschaftler beweisen, dass sich tatsächlich bei der Hypnose in unserem Gehirn etwas tut.

Die Psychologen Stephen M. Kosslyn und William Thompson untersuchten an der Harvard Universität die Gehirnaktivität bei der Farbwahrnehmung unter Hypnose. Dabei zeigten sie acht rechtshändigen Testpersonen verschiedene Bilder mit grauen oder farbigen Formen. Sie sollten sich jeweils bei den farbigen Bildern die Farbe wegdenken und sich die grauen farbig vorstellen. Dabei wurden sie mit einem Gerät überwacht, dass die regionale Aktivität im Gehirn darstellen kann (das Gerät war ein Positronen-Emissions-Tomograph (PET), nur für die ganz Interessierten).

Die hypnotisierten Personen zeigten in beiden Gehirnhälften Aktivitäten. Nicht so die Probanden, die bei Wachbewusstsein blieben, bei Ihnen sprach nur eine Hirnhälfte an.

Unter Hypnose war es demnach den Testpersonen möglich Farben zu sehen, wo eigentlich nur graue Formen waren und im Gegenzug grau zu sehen, wo sich farbige Formen befanden. Das zieht die Folgerung nach sich, dass unter Hypnose andere Erfahrungmodi möglich sind, als sie im Wachbewusstsein denkbar wären.

Die Narkoseärztin Marie-Elisabeth Faymonville untersuchte an der Universitätsklinik Lüttich, gemeinsam mit einem Team von Hirnforschern, die Wirkweise der hypnotischen Schmerzunempfindlichkeit.

Dabei klebte sie den Testpersonen einen kleinen Heizdraht auf den Arm und testet deren individuelle Schmerzgrenze. Durchschnittlich bei 48,5°C war diese erreicht.

Während sich die Personen bei dieser Prozedur in einem PET (Erklärung: siehe weiter oben) befanden, sollten sie sich entweder entspannen oder aktiv Bilder eines schönen Ereignisses erinnern. Auf einer imaginierten Skala von 1 bis 10 skalierten die Probanden diesen Schmerz zwischen 6 und 7.
Das nächste Mal wurde derselbe Versuch unter Hypnose durchgeführt. Abermals wurde eine Temperatur von 48,5°C über die Heizelektrode am Arm appliziert. Jetzt schätzten die Testpersonen jedoch den empfunden Schmerz zwischen 2 und 3 ein.

Die zahlreichen Untersuchungen haben bei den Forschern eine Modellvorstellung entstehen lassen, was unter Hypnose im Gehirn passiert.

In Hypnose sind, entgegen dem Wachzustand, noch weitere Hirnareale bei der Verarbeitung aktiv. Diese regen zum einen die Schmerzabwehr an und sorgen zugleich für die Ausschüttung körpereigener Opiate. So ist es zu erklären, weshalb die hypnotisierten Probanden eine signifikant höhere Schmerzschwelle aufwiesen, als die anderen.

Auch beim Lernen von Wortpaarassoziationen konnten Veränderungen der kognitiven Verarbeitung unter Hypnose festgestellt werden.
Die Forscher um Frau Prof. Dr. Ulrike Halsband an der Albert-Ludwigs-Universität Freiburg untersuchten sechs rechtshändige, hochsuggestible Testpersonen. Sie sollten zwölf Wortpaare, zu denen man sich leicht Bilder vorstellen konnte (z.B. Affe-Kerze, Sonne-Vogel) innerlich nachsprechen und erlernen.

Man untersuchte das Lernverhalten sowohl in Trance als auch im Wachzustand. In der Wiedererinnerungsphase wurde den Probanden nur eines der beiden Worte präsentiert, das Zweite sollten sie aus ihrem Gedächtnis assoziieren.

Unter Hypnose konnte man dabei die Beteiligung eines zusätzlichen Hirnareals feststellen. Eine nachträgliche Befragung der Probanden ergab, dass sie unter Hypnose die Wortpaare in Form von Bildern erlernt hatten.

Zusammenfassend kann man den Stand der Wissenschaft auf folgenden Nenner bringen:

Unter Hypnose findet eher eine bildhafte Verarbeitung statt. Man nennt das auch, im Anklang an den bärtigen, zornigen Freud, Primärprozess. Dabei findet ebenfalls eine symbol- und bildhafte Verarbeitung statt. So hat etwa ein Weitspringer, der sich in Trance vorstellt er könne so weit springen wie ein Panther, eine bildhafte Repräsentation der Suggestion. Gleichzeitig ermöglicht es dieses Verarbeitungsschema, dass er sich nicht an den Unterschieden der Anatomie stört.

Die jüngsten Untersuchungen haben ergeben, dass es eine Verbindung zwischen bestimmten genetischen Eigenschaften und der Hypnotisierbarkeit gibt.

Bei einer Untersuchung stellte sich heraus, dass die Träger eines bestimmten Genotyps höhere Werte auf der Hypnotisierbarkeitsskala aufwiesen. Ein ursächlicher Zusammenhang zwischen den genetischen Anlagen und der Hypnotisierbarkeit konnte bislang jedoch noch nicht nachgewiesen werden.

... HERR PROFESSOR, ICH HAB DA WAS ENTDECKT!!!

Sind wir mal gespannt, was uns die Wissenschaft nicht noch so alles offenbart – wovon wir vieles sowieso schon wussten.
Die moderne Wissenschaft kann uns heute viele Dinge erklären. Umgekehrt sollten diese Erkenntnisse aber kein Plädoyer dafür sein, Heilverfahren, die aus der Erfahrung entstanden sind, nur deshalb abzulehnen, weil es momentan noch keine wissenschaftliche Erklärung für die Wirksamkeit gibt.

2 Praxis der Selbsthypnose – Beam me up Scotty!

2.1 Was tun, um sich wohl zu fühlen?

Zur Einleitung des praktischen Teils dieses Buches möchte ich doch noch einmal etwas weiter ausholen und über den Tellerrand der geistig spirituellen Ebene hinaus blicken. Zu einem ganzheitlichen Wohlgefühl gehört eben auch etwas mehr als das, was im eigenen Süppchen schwimmt…

... REIF FÜR DIE INSEL!!!

Kennen Sie das? Es hat über Nacht geschneit, am Lidl-Parkplatz gegenüber Ihrer Wohnung räumt ein Motorfetischist seit halb fünf Morgens mit einem 250PS Trecker-Monster den Schnee von der einen Seite auf die andere? Nachdem sich die imposante Geräuschkulisse langsam beruhigt hat, beginnt Ihr Nachbar mit dem Obi-Angebots-Knüller vom letzten Herbst, einer radgetriebenen Schneefräse, dessen Auspuffanlage bereits nach der ersten Salzattacke das zeitliche gesegnet hat, die fünf Zentimeter Puderzuckerschicht zu beseitigen. Fränkische Gründlichkeit!

Nach einem Weckgruß dieser Art und Weise fällt es schwer, sich mit Entspannungstechniken in ein Stadium buddhistischer Meditationsgleichgültigkeit zu versetzen. In unserem Körper hat nämlich bereits ein wahres Feuerwerk an Neurotransmitterausschüttungen begonnen, die den sanftmütigsten Pazifisten zum Berserker werden lassen. Diese chemischen Prozesse lassen sich – halten Sie sich fest – besonders gut durch körperliche Aktivitäten, zumindest einigermaßen in den Griff bekommen.

Seit tausenden von Jahren bewegt sich der Mensch, hält sich zumeist in der freien Natur auf und verbringt seinen Tagesablauf mit körperlicher Arbeit. Die Ära der »Couchpotatos« hat vor gar noch nicht so langer Zeit begonnen. Um der menschlichen Natur etwas entgegen zu kommen, ist es wohl oder übel notwendig, nicht nur seinen Astralkörper mit dem Manna geistiger Kulinessen zu versorgen.

Die Menschheit verbrachte Jahrtausende damit, durch die Wälder der Urzeit zu krauchen, auf der Suche nach jag- und essbarem. Immer auf der Hut, selbst auf den Speiseplan eines Säbelzahntigers oder ähnlichem zu geraten.

Der urbane Nachfahre hat freilich eine zeitgemäßere Betätigung: Laufen, Walken oder stöckeklapperndes Nordic Walking. Das regt nicht nur den Organismus, besonders das Herz-, Kreislaufsystem und den Muskelapparat an, es sorgt auch für ein gesundes Wohlbefinden und einen erholsamen Schlaf.

Natürlich findet die gebildete Fraktion besagter Couchpotato-Spezies hunderte von Gründen, dies zu unterlassen: Sie hätten bereits genug Stress, würden ohnehin im Büro oder im Haushalt genug laufen oder hätten keine Zeit dazu. Der Spitzenreiter unter den Ausreden ist: »Ich habe Rücken- oder Kniebeschwerden.«

Tatsächlich ist der ständige Zulauf bei Orthopäden jedoch mit dem Gegenteil zu erklären. Wer nichts tut, der schädigt seinen Bewegungsapparat und damit seine Gesundheit.

Zu einem ganzheitlichen Wohlbefinden gehört zwangsläufig auch ein gesundes Körpergefühl. Wagen Sie den Schritt vor die Tür. Es geht nicht darum den nächsten Berlin-Marathon zu gewinnen. Sanftes, stressfreies Laufen oder Walken ohne Leistungsdruck macht Spaß, stimuliert den Stoffwechsel und fördert letztlich auch die geistige Fitness.

Ergänzen Sie Ihr Selbsthypnosetraining um solche körperlichen Fitnesseinheiten. Sie könnten z.B. zwei Tage in der Woche, 20 Minuten dafür reservieren. Sorgen Sie aber dabei für Abwechslung, um Frust rechtzeitig vorzubeugen. Vielleicht probieren Sie dazu auch einmal andere Sportarten aus: Schwimmen, Inlineskaten oder Radfahren.

Nachdem man dann all diese Ratschläge zur gesunden Bewegung beherzigt hat, nach 10 Stunden Arbeit sich in sein neues Nike-Laufdress gezwängt hat, man möchte ja schließlich auch beim Sport eine gute Figur machen und mit der Anmut einer Leberwurst, die in eine viel zu enge Wurstpelle gestopft wurde, in den Stadtpark aufgemacht hat, meldet sich dann der Magen. Was machen? Gleich auf dem Nachhauseweg bei Burger-King vorbei und einen Triple-Barbecue-Burger mit Extra-Speck und –Käse, dazu eine Maxi-Portion Pommes und einen halben Liter Cola geordert.

Zugegeben, meine Lieblingsargumentationskette, die auf den Gewohnheiten unserer steinzeitlichen Urahnen aufbaut, scheint hier nicht recht zu greifen. Auf dem Weg vom schweißtreibenden Jagdausflug zur heimischen Höhle, noch schnell beim Mammutkadaver am Wasserloch vorbeigeschaut und ein Stück halbangedauter Leber als Zwischensnack verdrückt, ist wohl kein Vorbild für die moderne Ernährungswissenschaft.

Nichts desto Trotz ist für unseren Körper eine ausgewogene Nährstoffzufuhr notwendig. Zollen Sie Ihrem Körper diesen Respekt und gönnen Sie sich gesunde Nahrungsmittel. Es lohnt sich, mit diesem Thema zu beschäftigen. Es gibt zahlreiche Literatur hierzu. Auch die Krankenkassen geben detaillierte Informationen dazu heraus.

Sicher sind Ihnen die Ratschläge aus unserer Volksmythologie bekannt: »Beweg Deinen A…!«. Hierzu kann ich nur mit einem Zitat, frei nach Bernd Stromberg, dem smarten Abteilungsleiter der Capitol-Versicherung antworten: »Man soll seinen A… nicht höher hängen, als man sch… kann!«

Man sagt ja jeder noch so verstaubten Weisheit nach, dass da ein (Staub-)Krümelchen Wahrheit dahinter steckt. Nun, auch auf die Gefahr hin jetzt etwas spießig zu wirken, ein geordneter Tagesablauf ist für unser Wohlbefinden extrem wichtig.

Wir durchlaufen einige Hochs und Tiefs, während wir so durch den Tag schlendern. Das, was da unter dem Begriff Biorhythmus mehr oder weniger (pseudo-)wissenschaftlich zusammengefasst wird, beeinflusst scheinbar unser Empfinden mehr, als uns oft lieb ist. Diesem natürlichen Rhythmus nachzukommen, kann man nur gerecht werden, indem man seinen Tagesablauf ordnet.

Abends bis halb eins in Schmigos Bächleinbar, Morgens dann um dreiviertel sechs zur Schicht, danach bis acht zur Marlies in die Gastwirtschaft zum Springelhof, um anschließend eine Rede bei der Jahreshauptversammlung des Obst- und Gartenbauvereins zu halten, ist der geregelte Tagesablauf so manchen oberfränkischen Eigengewächses. Diesen Ablauf meine ich weniger.

Möglichst regelmäßige Zeiten zum Schlafengehen und Aufwachen unterstützen Sie dabei, nach Ihrem Biorhythmus zu leben und so in Einklang mit Ihrer natürlichen Bestimmung zu kommen.

Kontinuierliches Üben ist ebenfalls ein gutes Mittel, den Körper die Chance zu geben, sich an feste Rituale zu gewöhnen. Da stecken, wie kann es anders sein, natürlich hypnotische Phänomene dahinter. Ihr Körper hat ein hervorragendes Gedächtnis für Dinge, die ihm gut tun. Je regelmäßiger und ritualisierter solche Reize gegeben werden, desto stärker und zuverlässiger werden diese Erfahrungen gespeichert. Und, das weiß schon der fünfjährige Sören, der bereits rund 1825 Tage antiautoritärer Erziehung hinter sich hat, dass das Eis in den Haaren der Mutti viel schöner ist, als klebrig vom rechten zum linken Ohr am eigenen Mund.

Hypnose schafft besonders einen Zugang zur rechten Hirnhemisphäre, dahin, wo das kreative, musische Denken angesiedelt ist. Fähigkeiten, die zumeist im rauen Alltag des ellbogengesteuerten Überlebenskampfes in Büro, Produktionshalle oder Werkstatt verborgen bleiben.

... WAS BIN ICH WIEDER KREATIV!!!

Das ist wohl der Hauptgrund dafür, dass uns diese Talente mehr und mehr verloren gehen. Welches Potential da brach liegt, lässt sich nur erahnen. Die Natur hat dieser Art des Denkens jedenfalls mit der Reservierung einer eigenen Hirnhälfte einen relativ großen Stellenwert beigemessen. Was sie sich wohl dabei gedacht hat?

Heutzutage scheint sich die Kreativität so manches Zeitgenossen auf den Entwurf möglichst perfider Intrigen zu reduzieren. Besonders sehenswerte Exemplare dieser Gattung Mensch kann man, mit sich wiederholender Gleichmäßigkeit, bei der alljährlichen CSU-Klausurtagung in Wildbad-Kreuth bewundern. Da wurde schon so mancher Plan zum Königsmord am amtierenden Vorsitzenden in den Hinterzimmern geschmiedet.

Man kann sein kreatives Denken aber auch fördern und ausbauen, ohne ein Amt in der größten bayrischen Volkspartei inne zu haben. Keine Angst, Sie benötigen dazu nicht die Frisur eines Bob Ross, der jede Nacht um eins pinselschwingend über die Bildschirme schlafgestörter Hobbymaler schwirrt.

Vielleicht wollten Sie ja schon immer einmal ein Instrument spielen? Jetzt ist der Ideale Zeitpunkt, um damit anzufangen. Singen Sie, trommeln Sie, musizieren Sie! Sie werden merken, das ist ein Quell des Wohlbefindens.

Vielleicht liegt Ihnen aber auch eher Malen oder Basteln. Sie könnten sich auch etwas Zeit für ein lange brachliegendes Hobby gönnen oder Handwerken – was auch immer. Fördern Sie Ihre kreative Hirnhälfte, die Natur hat sie damit ausgestattet, damit sie diese Fähigkeiten zu Ihrem Vorteil benutzen. Eine Milliarde Jahre Evolutionsgeschichte können nicht irren.

Vernachlässigen Sie bei all diesen Vorschlägen zur Gestaltung und Förderung eines ganzheitlichen Wohlbefindens nicht Ihre gesellschaftlichen Aktivitäten. Treffen Sie

Freunde. Freundschaften wollen gepflegt werden. Möglicherweise bietet sich ja die Verknüpfung von Beidem an. Mit Freunden Sport treiben oder Musizieren. Einen Kochkurs in der Volkshochschule besuchen. Sich in einem Sportverein anmelden. Die Möglichkeiten sind unzählig – nutzen Sie sie!

Im Anschluss an das Übungsprogramm (Kapitel 2.3) finden Sie die Vorlage eines Wochenplans, mit dem Sie Ihre Aktivitäten abstimmen können. Der Zeitaufwand bleibt dabei minimal. Bereits 20 Minuten täglich können wahre Wunder bewirken – ein Entwurf für ein Leben im Einklang mit sich und seiner Natur.

2.2 Vorbereitungen zur Selbsthypnose

Noch nicht ganz genug der Theorie! Bevor Sie ihre ersten Erfahrungen mit der Selbsthypnose genießen dürfen, hier noch einige prinzipielle Dinge, damit Ihr Üben letztlich von Erfolg gekrönt wird.

2.2.1 Wie formuliere ich Suggestionen?

Grundsätzlich gibt es, speziell aus der Kommunikationslehre, einige Prinzipien über die Wirksamkeit von Fremd- und Selbstsuggestionen (Autosuggestionen). Das heißt, dass gewisse Satzformulierungen wirksamer für unser Unterbewusstsein sind als andere. Dies erklärt sich aus der Funktionsweise unseres Unterbewusstseins.

Ein Beispiel: Wenn irgendjemand zu uns sagt: »Gehe heute Abend nicht zu diesem Date!«, so weiß unser bewusster Verstand sehr wohl, was unser Gesprächspartner damit sagen möchte. Unser Unterbewusstsein hingegen hat keine Vorstellung von dem Wort »Nichts«. Damit es sich »Nichts« Vorstellen kann, muss es sich erst einmal ein Bild davon machen, was es sich gerade nicht vorstellen soll.

Genauso, wie unser Unterbewusstsein gerne das Wort nichts »überhört«, so akzeptiert es auch Suggestionen, die in der Gegenwartsform, also im Hier und Jetzt gültig sind, wesentlich stärker als zeitlich verzerrte. Sich irgendwann in der Zukunft einmal mit dem Abspülen zu beschäftigen oder, für die etwas Technisierteren: mit dem Spülmaschine-Ausräumen, motiviert nicht sonderlich.

In Trance denken wir eher wie im Traum. Es werden hierbei stärker als im Alltagsbewusstsein die Gemeinsamkeiten zwischen den Dingen betont. So ist es auch erklärbar, dass die Wirkung der Suggestion mit der jeweiligen Beteiligung unserer Sinne an dieser Erfahrung zunimmt. Wenn Sie sich Ihren Lieblingsstar nackt vorstellen, dann sind ihre Gefühle höchstwahrscheinlich viel stärker beteiligt, als es sonst der Fall wäre – es sei denn, ihr Lieblingsstar heißt Ivan Rebroff…
Das heißt, je lebendiger, anschaulicher und bildhafter die Suggestion formuliert wird, desto größer ist unsere innere Beteiligung an dieser und desto größer ist demnach auch ihre Wirkkraft.

Aus diesen allgemeinen Prinzipien lassen sich folgende Regeln für die Formulierung von Suggestionen ableiten:

- so einfach wie möglich formulieren
- positiv formulieren (»Nichts« ist tabu!)
- in der Gegenwartsform formulieren
- wenige spezielle Suggestionen sind besser als ein suggestiver »Rundumschlag«
- Suggestionen sollen die Vorstellungskraft anregen (Gefühle und Wortbilder mit einbauen)
- verknüpfen von Symbolen oder Bildern mit der Suggestion (springender Puma zur Leistungssteigerung eines Weitspringers)

2.2.2 Auf was muss ich noch achten?

Hier nun einige Ratschläge für die Durchführung Ihrer Selbsthypnosen:

Ihr Übungsort

Der Mensch ist ein Gewohnheitstier, pflegte einer meiner Schullehrer früher oft zu sagen, sprachs und verschwand allabendlich im Dorfwirtshaus. Selbstverständlich können Sie überall üben und es wird ihnen prinzipiell auch überall eine Selbsthypnose gelingen. Besser jedoch ist es, wenn Sie sich einen Ort wählen, an dem Sie Ruhe haben und ungestört sind. Richten Sie sich ein tägliches Ritual ein. Üben Sie, wenn möglich, zur selben Zeit, am selben Ort. Wir lernen durch Routine. Sie könnten eines Tages feststellen, dass Sie alleine dadurch, dass Sie sich zu Ihrem Übungsort begeben, in eine Hypnose gleiten...

Zeit ist relativ...

...stellte nicht nur Albert Einstein fest. Eine Stunde Nachsitzen bei Frau Meier in der vierten Klasse, die von Gemüt und Statur eher einer Neustädter Metzgereifachverkäuferin glich, ist eine relativ lange Zeit. Eine Stunde Kino, in der neuesten Spiderman Verfilmung, ist ein relativ kurzer Zeitraum.

Räumen Sie sich täglich 20 Minuten Zeit zum Üben ein und sorgen Sie dafür, dass Sie ungestört sind. Dies scheint nicht viel. Wie lange beschäftigen wir uns jedoch am Stück konzentriert mit einem einzigen Thema?

Im Alltag gehen uns hunderte von Gedanken durch den Kopf, denen wir nachgehen – dies gilt insbesondere für Tätigkeiten, bei denen sich der Spaßfaktor in Grenzen hält: versuchen Sie sich doch einmal daran zu erinnern, wie sie ihre letzte Steuererklärung angefertigt haben.

Ich bräuchte jedenfalls lediglich ein Drittel der Zeit, wenn ich dabei nicht gleichzeitig an Zigaretten, Alkohol, Thomas neue Freundin und den Weihnachtsmann denken müsste....

Natürlich fördert es auch nicht gerade Ihre Entspannungsfähigkeit, wenn Sie beschließen, zwischen der allabendlichen Fahrt durch die Rushhour und dem Elternabend ihrer pubertierenden Tochter, die vergangene Woche die Konterrevolution im Direktorat ihrer Schule ausgerufen hat, eine Selbsthypnose durchzuführen – wenngleich dem oder der Geübten dadurch ganz neue pädagogische Möglichkeiten eröffnet werden könnten...

Mühsam ernährt sich das Eichhörnchen...

...aber nicht der Hypnosenovize an den labenden Gaumenfreuden der Selbsthypnose. Regelmäßiges Üben ist sicherlich die Grundvoraussetzung Entspannung zu erlernen. Natürlich freue ich mich auch über täglichen Eifer. Vergessen Sie jedoch nicht, es droht kein Nachsitzen bei Frau Meier, wenn Sie in Ihrem Fleiß etwas nachlässiger sind. Sie wollen lernen sich zu entspannen. Alles, was hierbei in Stress ausartet, ist dabei kontraproduktiv. Vielleicht ist es gerade deshalb notwendig, sich etwas Freiraum zu schaffen – wenn nötig mit etwas mehr Nachdruck.

Schicken Sie Ihren Lebenspartner zum Benefizgolfballsuchen nach Timbuktu oder gönnen Sie ihrem Perserkater Maximilian von Allopecia eine spielfreie Zeit. Tun Sie dies mindestens viermal wöchentlich. Wenn der neue Spielkamerad Ihres Katers dann nicht Rolf Benz heißt und eine Ledercouch für 12000 Euro ist, sind Sie auf dem besten Weg Selbsthypnose zu können.

Im Anschluss an das Übungsprogramm finden Sie ein Muster für einen Aktivitätenplan, der Ihnen etwas helfen soll, einen Überblick über Ihre ganzheitlichen Betätigungen zu bekommen. »Vielfalt statt Einfalt« heißt das Motto.

2.3 Das Übungsprogramm

Übung 1

Frei nach dem Motto »Eeeeey, mach Disch ma logger!« werden Sie in diesem Programm einige Körperübungen begleiten. Keine Angst, Sie sollen diese Dinge nicht bei der nächsten Hauptversammlung der Deutschen Esoterikliga in violetten Leggings aufführen. Ein angespannter Körper kann jedoch nicht in eine Trance gehen. Ein paar kleine Übungen können dem aber abhelfen.

In Kasten II/I wird eine Übung aus dem Qigong vorgestellt. Dabei werden so genannte Meridiane, das sind Bahnen, die in der Vorstellung der chinesischen Medizin Energie (was nicht ganz korrekt ist, da Qi viel mehr umfasst, dies ist jedoch kein Buch über TCM sondern über Selbsthypnose...) transportieren, abgeklopft und dadurch angeregt. Was das mit Selbsthypnose zu tun hat? Zuerst Ausprobieren, dann meckern ☺

Kasten II/I: Meridian-Übung

Stellen Sie Ihre Füße schulterbreit, parallel nebeneinander. Wippen Sie leicht in die Knie, dass Sie relativ locker stehen.

Legen Sie Ihre rechte Hand vor die linke Schulter (Schulterdach) und klopfen alle 5 bis 10 cm einmal an der Innenseite des Armes hinab bis zu den Fingerspitzen.

Dann an der Außenseite des Armes hinauf bis zur Schulter. Danach ein paar Mal kräftig auf die Schulter.

Klopfen Sie mit der flachen Hand einmal kurz auf den Hinterkopf, einmal auf den höchsten Punkt des Kopfes und einmal auf die Stirn.

Wiederholen Sie das Ganze mit ihrem anderen Arm.

Legen Sie beide Handflächen so hoch wie möglich auf den Rücken, parallel zur Wirbelsäule und klopfen mit beiden Händen über Ihren Rücken, den Po und an den Außenseiten der Beine abwärts bis zu den Fersen.

Klopfen Sie dann die Innenseite der Beine aufwärts, über das Schambein und den Bauch bis zur Brust.

Von hier aus klopfen Sie diagonal von der linken Schulter, über die Rippen, den Bauch, die äußeren Hüftknochen, den Oberschenkel und die Knie bis zum rechten Fußrücken.

Danach klopfen Sie von der rechten Schulter zum linken Fußrücken.

Streichen Sie von hier aus mit beiden Händen an den Innenseiten der Beine aufwärts und legen Sie Ihre Hände dann übereinander auf Ihren Bauch und spüren Sie noch einige Sekunden den Gefühlen, die sich entwickeln, nach.

Als nächstes werden Sie lernen, Ihre Muskeln aktiv zu entspannen. Vielleicht kennen Sie ja bereits dieses sehr effektive Training. Elemente daraus können später sehr gut in Trance ausgeführt werden, wobei sich der entspannende Effekt dadurch wesentlich verstärkt.

Das ist, als ob man einen Negerkuss in die Mikrowelle stellt – nur ohne der anschließenden Sauerei. Die Mikrowellenstrahlen sind dann so etwas, wie die Hirnwellen in

Trance, die die Vorstellungskraft multiplizieren – wie die Zuckercreme im Negerkuss.

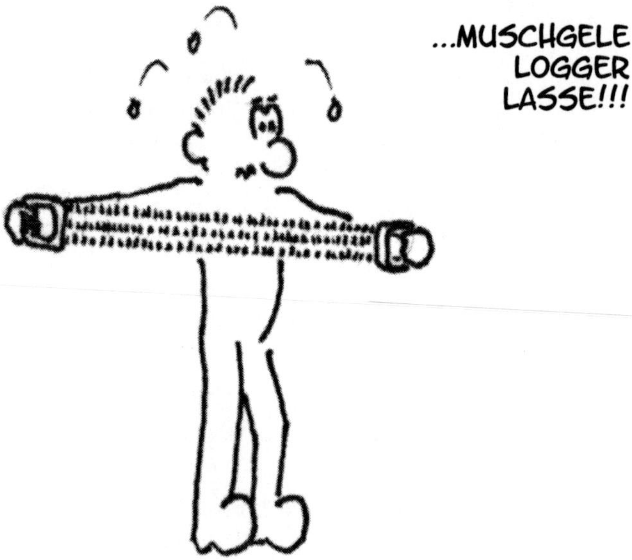

Kasten II/II: Progressive Muskelentspannung

Schließen Sie zunächst Ihre Augen und lenken Sie Ihre Aufmerksamkeit auf Ihren Atem. Bewegen Sie beim Atmen Ihren Bauch. Drücken Sie ihn etwas heraus, spannen Sie dann die Bauchmuskeln einige Sekunden an und lösen Sie sie dann wieder. Atmen Sie dann während der verbleibenden Übung ruhig und gleichmäßig weiter.

Spannen Sie beide Füße an. Drücken Sie dabei den Fußspann und die Zehen nach unten, so als wollten Sie damit eine Faust ballen. Lösen Sie die Muskelspannung dann nach zwei Atemzügen.

Spannen Sie Ihre Waden an, indem Sie die Fußspitzen nach oben und die Fersen nach unten drücken. Nach zwei Atemzügen lösen Sie die Spannung. Fahren Sie dann so mit den nachfolgenden Körperteilen fort.

Die Oberschenkel und das Gesäß zwei Atemzüge lang anspannen und anschließend lockern.

Den Lendenwirbelbereich lösen, indem Sie ein Hohlkreuz machen.

Die Rippen und die Brustwirbelsäule entspannen Sie durch das nach hinten Bewegen der Schulterblätter, sodass sich diese fast berühren.

Den Hals und Nacken lösen Sie, indem Sie den Kopf nach vorne kippen, als würden Sie mit der Stirn gegen eine Wand drücken. Danach zusätzlich die Schultern lösen, indem Sie sie nach oben ziehen und den Kopf in den Nacken legen.

Die Unterarme anwinkeln und die Oberarme entspannen.

Hände und Unterarme lockern, durch das Ballen der Hände zu Fäusten.

Die untere Gesichtshälfte können Sie entspannen, indem Sie Ihren Mund zu einem Grinsen formen und dabei versuchen die Ohren nach oben zu bewegen.
Die mittlere Gesichtshälfte lockert sich, nachdem die Nase gerümpft wird, während man die Augenlider fest gegeneinander presst.
Die Stirn können Sie durch Hochziehen der Augenbrauen lösen.

Genießen Sie dann noch einige Sekunden diesen Zustand der Entspannung, bevor Sie sich dann recken, einige tiefe Atemzüge nehmen und Ihre Augen wieder öffnen.

Nachdem Sie sich jetzt ausgiebig mit Ihrem Körper beschäftigt haben, können Sie wahrscheinlich meine Frage von vorhin »Was das mit Selbsthypnose zu tun hat?« beantworten.

Wenn Sie geschummelt haben und die Übungen übersprungen haben, dann gehören Sie vermutlich auch zu den Leuten, die ihre Fischstäbchen im Backofen anstatt in der Pfanne erhitzen. Wer Fisch ummantelt von Panade in algenartiger, schlappriger Konsistenz mag...

Zum Abschluss Ihres ersten Trainingstages dürfen Ihre Sinne jetzt einfach die nachfolgende Übung genießen:

Kasten II/III: Flaschengeist

Füllen Sie die Flasche oben in Ihrer Fantasie mit einem Duft, den Sie mögen. Schließen Sie dann Ihre Augen und lassen Sie diesen Duft mit einem hörbaren Geräusch in Ihre Nase strömen, riechen Sie diese Luft aus der Flasche.

Wahrscheinlich werden Sie tiefer atmen als sonst. Die Atemluft wird sich in Ihrem Bauch weiter verteilen, die Lunge tiefer gefüllt sein, bis in die Spitzen der Lungenflügel.

Lassen Sie sich von diesem besonderen Duft verzaubern. Genießen Sie die Bilder und Erinnerungen, die sich dann weiter in Ihnen entwickeln werden.

Nehmen Sie sich mindestens fünf Minuten Zeit für diese Übung. Sie können sich auch einen Wecker stellen, damit Sie ein Gefühl für die Zeit entwickeln. Kommen Sie danach ganz in Ihrer Geschwindigkeit wieder zurück.

Übung 2

Übung macht den Meister – wenn ich an meine Lehrzeit als Elektriker zurückdenke, müsste dieser Spruch wohl eher »Jahnsbräu-Pilsener macht den Meister« lauten. Trotzdem kann man auch Entspannung ohne Alkohol erlernen.

Wiederholen Sie deshalb die Meridian-Übung (Kasten II/I) und die Progressive Muskelentspannung (Kasten II/II). Nach einigen Durchläufen werden Sie feststellen, dass Ihr Körper schneller reagiert und Sie schon alleine durch Gedanken und Erinnerungen entspannen.

Betty Erickson hat eine recht schöne Einleitungsmethode zur Selbsthypnose entwickelt. Durch sie wird mit verschiedenen Sinnen eine Entspannungserfahrung möglich. Lassen Sie sich ruhig Zeit dazu und entwickeln Sie keinen falschen Ehrgeiz – »Mach Disch logger!«. Es ist noch kein (Selbsthypnose-) Meister vom Himmel gefallen (wohl aber ein Elektromeister von der Leiter... oder vom Moped... oder vor den Kaffeeautomaten... etc.).

Sie werden jetzt Ihre erste Selbsthypnose durchführen. Nehmen Sie sich nach der 5-Übung etwas Zeit, um sich in Ihrer eigenen Geschwindigkeit in den Alltag zurück zu orientieren. Folgen Sie dazu den Vorschlägen in Kasten II/V.

Kasten II/IV: 5-Übung

Machen Sie es sich so bequem wie nur möglich. Suchen Sie sich einen Punkt im Raum, auf den Sie Ihren Blick ruhen lassen und halten Sie dabei Ihre Augen zu Beginn noch geöffnet.

Natürlich dürfen Sie während der ganzen Zeit jede körperliche Veränderung durchführen, die Sie benötigen, um sich rundherum wohl zu fühlen.

Richten Sie dann zunächst Ihre Aufmerksamkeit auf den Punkt, auf den Sie gerade blicken. Sie nehmen in seinem Umfeld auch noch andere Dinge wahr. Sagen Sie laut oder in Gedanken, fünf Dinge, die Sie gerade in Ihrem Blickfeld sehen können.

Wenn Sie möchten, können Sie jetzt Ihre Augen schließen.

Lenken Sie dann Ihre Aufmerksamkeit auf die Dinge, die Sie hören. Sagen Sie wieder fünf Geräusche auf, die Sie hören können.

Schließlich dürfen Sie Ihr Gespür auf Ihre Gefühle richten. Sagen Sie fünf Emotionen auf, die Sie in diesem Moment spüren können.

Kasten II/V: Zurück orientieren

Nehmen Sie sich ausreichend Zeit, um in Ihrer Geschwindigkeit in den Alltag zurückzukehren. Zählen Sie dabei von 1 bis 5.

Bei der Eins könnten Sie bemerken, wie Ihr Kreislauf wieder angeregt wird, verstärkt Blut und Sauerstoff zu Ihren Körperzellen transportiert und Sie so erfrischt.

Bei der Zwei ballen Sie Ihre Hände einige Male zur Faust, um Ihren Kreislauf zu unterstützen.

Bei der Drei können Sie zusätzlich Ihre Füße bewegen.

Wenn Sie die Vier zählen, dürfen Sie einen tiefen Atemzug nehmen, sich genüsslich räkeln.

Bei Fünf öffnen Sie Ihre Augen. Sie werden merken, dass Sie sich erfrischt und aufgetankt fühlen.

Übung 3

Beginnen Sie diese Übung mit der Meridian-Übung aus Kasten II/I.

Damit Sie später schneller eine Selbsthypnose einleiten können, suchen Sie sich am Besten ein Schlüsselwort oder einen Schlüsselsatz, der Sie in die Trance begleitet. »Entspanne Dich jetzt!« wäre so ein Satz. Klingt vielleicht etwas seltsam, aber wie schon einige Male erwähnt, erinnert sich Ihr Unterbewusstes an solche Anker.

Ich kann mich noch gut an die Worte »Challo« erinnern, die mir in meiner Jugendzeit ein Fahrgast des Disco-Nightliner-Busses entgegen lallte, bevor er den Mageninhalt eines Pizza-Wodka-Eckes-Edelkirsch-Abends auf mein neues Hemd entleerte. Ein äußerst einprägsames Wortbild...

Nachdem Sie die Selbsthypnose nach der Methode im Kasten II/VI eingeleitet haben, führen Sie die 5-Übung aus Kasten II/IV durch. Lassen Sie den Teil, der sich mit dem Sehen beschäftigt weg (Ihre Augen sind ja bereits geschlossen). Orientieren Sie sich dann nach den Anweisungen in Kasten II/V zurück.

Kasten II/VI: Pünktchen und Selbsthypnose

Nachdem Sie es sich so bequem wie nur möglich gemacht haben, suchen Sie sich einen Punkt an der Wand, Decke oder sehen Sie einfach auf das flackernde Licht einer Kerze.

Wenn sie eine Kerze verwenden, achten Sie bitte darauf, dass diese in einem festen Halter, an einem sicheren Ort steht. Fokussieren Sie diesen Punkt und betrachten Sie ihn weiter aufmerksam.

Auch für diese Übung gilt: Sie dürfen Ihre Position jeder Zeit verändern, sodass Sie sich rundum wohl fühlen.

Vielleicht verschwimmt dann der Punkt irgendwann vor Ihren Augen – egal – betrachten Sie ihn weiter aufmerksam und sprechen sie jetzt dreimal langsam ihren Schlüsselsatz.

Nach einer gewissen Zeit werden Sie feststellen, dass Ihre Augenlider langsam zu blinzeln beginnen. Sie werden das Verlangen verspüren, Ihre Augen zu schließen. Geben Sie Ihrem Wunsch nach und schließen Sie Ihre Augen. Dieser Vorgang kann durchaus einige Minuten dauern.

Es sei noch darauf hingewiesen, das Personen, die Augenprobleme haben, diese Methode nicht ohne Rücksprache mit ihrem Augenarzt anwenden sollten.

Zum Abschluss dieses Übungstages lernen Sie eine Methode kennen, die Sie im Alltag immer wieder einmal durchführen können. Sie wird Sie im wahrsten Sinne des Wortes wieder auf den Boden der Tatsachen zurückbringen und das auf eine äußerst angenehme Art und Weise.

Kasten II/VII: Wurzeln wachsen lassen

Machen Sie einen kleinen Spaziergang. Richten Sie dabei Ihre Aufmerksamkeit auf Ihre Füße. Wie wäre es, wenn Sie bei jedem Ihrer Schritte kleine Wurzeln in den Boden wachsen lassen würden. Wurzeln, die Ihnen wertvolle Nährstoffe und Energie aus dem Boden zuführen. Bei jedem Auftreten könnte man die Verbindung zum Boden spüren und bei jedem Abtreten könnten Ihnen diese Wurzeln etwas Schwung mitgeben, es erleichtern, zu laufen.

Vielleicht bemerken Sie dann schon nach wenigen Schritten, wie Sie leicht und beschwingt in den Tag hinein spazieren.

Übung 4

Wiederholen Sie Übung 3. Sie können die Trance noch vertiefen, indem Sie im Anschluss an die 5-Übung die Vertiefung aus Kasten II/VIII durchführen.

Nichts wird Sie tiefer in Trance bringen, als Ihre eigene Vorstellungskraft. Nichts regt Ihre Vorstellungskraft mehr an, als Ihre Erinnerung, Ihre Erfahrung – nutzen Sie diese.

Kasten II/VIII: Vertiefung der Trance

Vertiefen Sie die Trance nach Ihrem Gusto. Rufen Sie sich dazu eine Treppe, mit der sie angenehme Erinnerungen verbinden, ins Gedächtnis. Genauso können Sie auch einen Aufzug oder eine Rolltreppe verwenden. Sie dürfen natürlich auch einen Hügel oder eine Bergwiese hinab gehen.

Allen diesen Szenarien gemeinsam ist, dass Sie sich irgendwohin hinunter bewegen – in unserem Falle in die Trance.

Vergegenwärtigen Sie sich die Erinnerung mit allen Sinnen. Wie roch es, als Sie diese Bergwiese hinab gegangen sind, wie fühlte es sich an, als Sie eine Hand am Geländer der Rolltreppe abgelegt hatten und Sie vollkommen mühelos hinab gefahren sind?

Gehen Sie langsam hinab. Etwa 20 Stufen auf der Treppe, 10 Stockwerke im Aufzug oder 2km die Bergwiese. Riechen, schmecken, hören und sehen Sie sich alles genau dabei an. Erlauben Sie sich mit jedem Schritt, jeder Stufe und jedem Stockwerk tiefer in Trance zu gehen, sodass Sie am Ende den Zustand einer tiefen Hypnose genießen können.

Am Ziel dürfen Sie sich in einen angenehmen Sessel, auf einen Diwan oder einfach in das herrlich duftende Gras legen und einige Minuten diesen Zustand genießen.

Mit dieser Übung haben Sie das notwendige Handwerkszeug zur Einleitung einer tiefen Selbsthypnose zur Hand. Natürlich liegt dem einen Menschen die eine Methode besser, als eine andere. So werden auch Sie Ihre Vorliebe für die eine oder andere Methode entwickeln.

Mit der in dieser Übung vorgestellten Selbsthypnose werden relativ viele Sinneskanäle angesprochen und die Vertiefung der Trance mit Ihren eigenen wertvollen Erfahrungen durchgeführt. Damit sollte es 90 Prozent der Leser (obwohl Prozentrechnen nie meine Stärke war...) möglich sein, eine Selbsthypnose durchzuführen.

Übung 5

Wiederholen Sie Übung 4. Wenn Sie jetzt denken, dass das Übungspensum von Tag zu Tag steigt, dann liegen Sie goldrichtig – und doch nicht. Es ist richtig, dass der Umfang und Inhalt stetig zunimmt. Ein phantastischer Nebeneffekt des täglichen Übens ist jedoch, dass sich auch Ihre geistigen Fähigkeiten immens weiterentwickeln.

Vielleicht haben Sie ja auch schon festgestellt, dass es Ihnen in der Zwischenzeit möglich ist, wesentlich tiefere Trancezustände zu erreichen.

Heute lernen Sie eine wichtige Fähigkeit: Ihre Augen während der Hypnose zu öffnen. Später wird es Ihnen damit möglich sein, Hypnose auch in alltäglichen Situationen einzusetzen. Stellen Sie sich nur einmal die sich daraus eröffnenden Perspektiven vor: Sie sprechen vor einem

10köpfigen Meetingteam und sind mit einem anderen Teil Ihres Bewusstseins an Ihrem Lieblingsstrand, in der Hand einen Cuba Libre, die Füße in den weißen Sand gesteckt – macht dat nischt logger?

CUBA LIBRE? DAZU BRAUCHT MAN DOCH KEINEN STRAND!!!

Wenn Sie Übung 4 wiederholen, führen Sie nach Ihrer Vertiefung (Kasten II/VIII) die Telefonbuch-Übung (Kasten II/IX) durch.

Kasten II/IX: Telefonbuch-Übung

Strecken Sie Ihre linke Hand, mit der Handinnenfläche nach oben, aus. Die rechte Hand strecken Sie mit der Handinnenfläche nach unten aus.

Stellen Sie sich nun vor, dass das Telefonbuch von Nürnberg in Ihrer linken Hand liegt. Gelb, wuchtig, dick. Spüren Sie eine Zeit lang das Gewicht in Ihrer Hand.

Am Handgelenk Ihrer rechten Hand ist an einer Schnur ein großer roter Luftballon, der mit Gas gefüllt ist, befestigt. Spüren Sie die Leichtigkeit, mit der der Luftballon Ihre Hand nach oben zieht? Lassen Sie diese Leichtigkeit eine Zeit lang auf sich wirken.

Auf Ihrer linken Hand liegt nach wie vor das Telefonbuch von Nürnberg, mit seinem ganzen Gewicht. Nummern von A, wie Albert, bis Z, wie Zikowski. Und Rechts zieht ein großer roter Luftballon – oh – daraus ist ja in der Zwischenzeit ein ganzes Bündel bunter Luftballons geworden. Wunderbar, mit welcher Leichtigkeit die rechte Hand davon nach oben gezogen wird.

Zählen Sie jetzt von drei bis eins. Wenn Sie bei eins angekommen sind, dann öffnen Sie Ihre Augen, verbleiben aber in einer tiefen Trance. Betrachten Sie den Abstand zwischen Ihren beiden Händen. (Wahrscheinlich werden Sie 5 cm auseinander stehen. Sollte der Abstand größer sein, dann herzliche Gratulation! Sie haben ein hervorragendes Vorstellungsvermögen.)

Sagen Sie: »Gut!« und schließen Sie dann Ihre Augen wieder. Sie werden vielleicht feststellen, dass sich die Trance dadurch zusätzlich vertieft hat.

Übung 6

Sie werden es schon ahnen: Wiederholen Sie Übung 5! Bauen Sie nach der Telefonbuch-Übung (Kasten II/IX) Ihren ganz persönlichen Ort der Sicherheit aus Kasten II/X in die Hypnose ein.

Kasten II/X: Ort der Sicherheit

Jeder Mensch braucht einen Ort, an dem er vollkommen sicher ist, an dem er sich ganz ungeschützt und nackt bewegen kann.

Vielleicht kennen Sie ja einen solchen Ort. Manche Menschen haben als Kind gerne einen bestimmten Ort aufgesucht, ein Geheimversteck, an dem sie sich zurückgezogen haben, wenn sie sich benachteiligt oder ungerecht behandelt gefühlt haben. Oder es ist ein Ort, den Sie aus Ihrem Urlaub kennen. Ein Sandstrand, ein Gebirge oder was auch sonst. Vielleicht ist es auch ein Ort, den Sie sich ganz nach Ihren Wünschen in Ihrer Phantasie konstruieren?

Rufen Sie sich diesen Ort in Ihr Gedächtnis. Erleben Sie Ihn mit allen Sinnen! Was riechen Sie hier, was schmecken Sie, welche Geräusche sind zu vernehmen, wie fühlt sich dabei Ihre Haut an und was sehen Sie? Lassen Sie eine Situation der größten Sicherheit und Geborgenheit wieder auferstehen und genießen Sie sie.

Erlauben Sie sich, Ihren eigenen Bildern, die sich von alleine entwickeln können, nachzugehen.

Übung 7

In der Zwischenzeit haben Sie schon einige Erfahrung mit Selbsthypnose gemacht. Vermutlich sind Sie in der Lage, eine tiefe Trance zu erzeugen, auch wenn Sie das nicht so recht glauben mögen, denn oftmals unterschätzen wir diese Trancetiefen.

Ein Klient sagte mir einmal nach einer Sitzung, mit etwas vorwurfsvollem Unterton, dass er den Eindruck hatte, dass er jederzeit hätte aufstehen können. In der darauf folgenden Sitzung fragte er dann, ob ich denn die Hypnose diesmal nicht ganz so tief machen könne, da er in der vergangenen Woche einige unangenehme Träume hatte.

Für die Selbsthypnose, wie für die Fremdhypnose gilt: man geht nur so tief in Trance, wie man auch selbst bereit ist, in Trance zu gehen. Es sei denn, ich erzähle einem eingefleischten VanDamme Fan eine Rosamunde Pilcher Geschichte. Der wird hinter jedem südenglischen Küstenhaus einen vermummten Ninja-Kämpfer erwarten und nur schwerlich entspannen können.

Die bisherigen Übungen haben viele Elemente enthalten, die es Ihnen leicht machen sollten, die Selbsthypnose zu erlernen. Jeder Mensch ist jedoch mit ganz unterschiedlichen Interessen und Vorlieben ausgestattet, so auch Sie.

Vielleicht können Sie alleine mit der 5-Übung eine gute, tiefe Trance erreichen. Vielleicht tut Ihnen aber auch die Progressive Muskelentspannung besonders gut, oder Sie können hervorragend mit einem Pünktchen, das Sie ansehen entspannen.

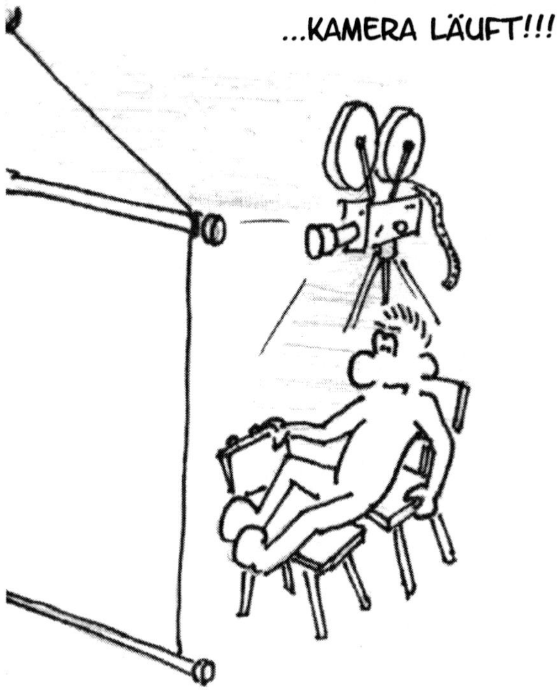

Werden Sie Ihr eigener Selbsthypnose-Regisseur.

Wahrscheinlich wissen Sie mittlerweile recht gut, welche Methoden Ihnen mehr und welche Ihnen weniger zusagen. Wählen Sie Ihre bevorzugten Elemente aus, mit denen Sie Ihre Selbsthypnose einleiten möchten.

Vielleicht möchten Sie aber auch alle, der bisher geübten Methoden verwenden. Bewährt hat sich die Kombination einer körperlichen Entspannung (Meridiane abklopfen – Kasten II/I, Progressive Muskelentspannung – Kasten II/II) und einer imaginativen Übung (5-Übung – Katsen II/IV,

Pünktchen und Selbsthypnose – Kasten II/VI). Hochwirksam, um sich in Situationen der Anspannung wieder auf einen entspannteren Level zu bringen, ist die Übung: Sicherer Ort (Kasten II/X). Natürlich können Sie auch Verbindungen zwischen einzelnen Elementen knüpfen. Sie könnten eine Rolltreppe zu Ihrem Ort der Sicherheit hinab fahren und dort auf einem bequemen Sessel eine progressive Muskelentspannung machen.
Wie auch immer, kreieren Sie während Ihrer nächsten Selbsthypnosen Ihre ganz eigene Methode der Einleitung einer Trance.

Zum Abschluss dieser Übung noch etwas den Kopf frei machen:

Kasten II/XI: Kopf hängen lassen

Lassen Sie einfach Ihren Kopf nach vorn über, in Richtung ihrer Brust, hängen. Sie dürfen wie eine sanft schwingende Glocke eine Nein-Nein-Ja-Ja-Bewegung einläuten und damit Ihren Kopf und Nacken entspannen.

Atmen Sie dann tief aus. Beim Einatmen richten Sie sich wieder auf, frei und erfrischt, bereit für neue Taten.

Übungsplan

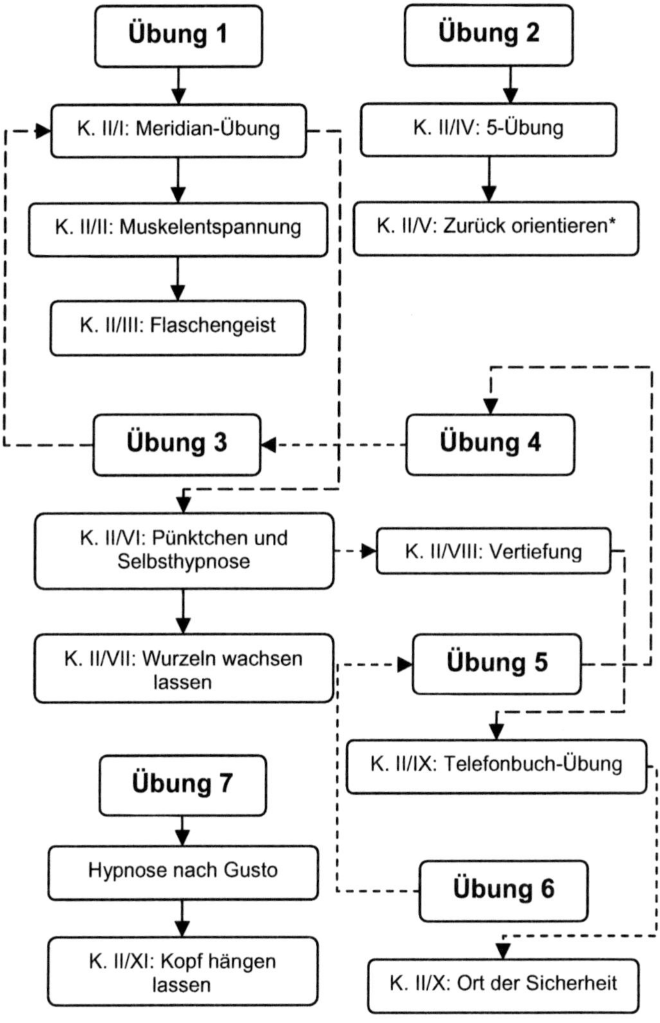

*nach jeder Hypnose durchführen

Übungsplan (Liste)

Übung 1:

- K. II/I: Meridian-Übung
- K. II/II: Muskelentspannung
- K. II/III: Flaschengeist

Übung 2:

- K. II/IV: 5-Übung
- K. II/V: Zurück orientieren

Übung 3:

- K. II/I: Meridian-Übung
- K. II/VI: Pünktchen und Selbsthypnose
- K. II/VII: Wurzeln wachsen lassen

Übung 4:

- K. II/I: Meridian-Übung
- K. II/VI: Pünktchen und Selbsthypnose
- K. II/VIII: Vertiefung

Übung 5:

- K. II/I: Meridian-Übung
- K. II/VI: Pünktchen und Selbsthypnose
- K. II/VIII: Vertiefung
- K. II/IX: Telefonbuch-Übung

Übung 6:

- K. II/I: Meridian-Übung
- K. II/VI: Pünktchen und Selbsthypnose
- K. II/VIII: Vertiefung
- K. II/IX: Telefonbuch-Übung
- K. II/X: Ort der Sicherheit

Übung 7:

- Selbsthypnose nach Gusto
- K. II/XI: Kopf hängen lassen

Aktivitätenplan

Tag	Was	Wirkung*	Bemerkungen
1	Selbsthypnose durchgeführt	konnte gut dabei entspannen	fühle mich auch sonst leistungsfähiger
2	war Joggen, 4km	frische Luft tat gut	hatte leichten Muskelkater
3	habe Gitarre gespielt, 30 Min.	war ganz schön mühsam, nach so langer Zeit...	sollte öfters mal spielen
4	Selbsthypnose durchgeführt	klappt von Mal zu Mal besser	-
5	mit Freunden Pizzaessen gewesen	-	-
6	gefaulenzt	-	-
7	Selbsthypnose durchgeführt	tiefste Trance bisher erreicht	konnte Abends viel besser einschlafen

* Belastung vorher / Belastung nachher

Kopiervorlage

Tag	Was	Wirkung*	Bemerkungen
1			
2			
3			
4			
5			
6			
7			

* Belastung vorher / Belastung nachher

2.4 Probier's mal in Selbsthypnose

2.4.1 Erfolge (fast) wie im Traum

»*Der Himmel hat den Menschen als Gegengewicht gegen die vielen Mühseligkeiten des Lebens drei Dinge gegeben: Die Hoffnung, den Schlaf und das Lachen.*« (Immanuel Kant)

Immer, wenn wir einen Traum erinnern, dann öffnet sich das Tor zu unserem Unterbewussten einen Spalt und gewährt uns den Blick auf einen Ausschnitt der im Alltag verborgenen Tiefen unserer Psyche. Wir dürfen dann zumindest partiell erfahren, was uns im Innersten bewegt.

Es gibt wahrscheinlich fast so viele Theorien zu der Bedeutung von Träumen, wie es von der Obskurität des Traumes verwirrte Träumer gibt. Freud, wie könnte es anders sein, sieht in der Symbolik des Traumes geschickt maskierte unausgelebte Sexualtriebe, C.G. Jung und Alfred Adler sehen darin vor allem unbewusste Anpassungsziele und –Probleme. Selbst die moderne Physik mit ihrer Quantenmechanik hält eine Theorie bereit. Danach existiert überhaupt keine absolute Wirklichkeit, sondern sie wird in dem Augenblick erschaffen, in dem ein Betrachter ein Bild davon imaginiert. Die Welt ist ein Produkt eines kollektiven Programms, das nur in den Köpfen seiner Bewohner existiert. Bewusstsein und Unterbewusstsein sind somit ein Bestandteil dieser physikalischen Welt – mehr noch – sie sind ihr Schöpfer.

Meine Hirnwindungen scheinen sich bereits beim Schreiben dieser Sätze zu verdrehen. Ein Gefühl, das man sonst nur vom Morgen nach einer Kneipentour mit dem Schwager aus Hamburg, dem man mit aller Gewalt beweisen musste, dass man als Franke das bessere Stehvermögen besitzt, kennt.

Wie kann man jetzt seine Träume nutzen? Geben sie einen Einblick in unsere innere Welt, die uns sonst verborgen bleibt und was hat das mit dem Erlernen der Selbsthypnose zu tun?

Grundsätzlich gibt es verschiedene Arten von Träumen. In manchen verarbeitet man die täglichen Erlebnisse. Das man von Fräulein Müller beim Kaffeetrinken in der Büroküche mit einem herablassenden Blick getadelt wurde oder der Verkäufer bei H&M 50 Cent, des hart erarbeiteten Wechselgeldes unterschlagen hat. Manche Träume sind Ausdruck von unterdrückten Wünschen und Sehnsüchten, so das Treffen mit den nackten Pendants von Fräulein Müller oder dem H&M Verkäufer in der Sauna. Andere Träume haben einen visionären Charakter und bieten einen Ausblick auf ein mögliches Zukunftsszenario.

Allen gemein ist, dass sie eine Art Tachometer für die innerpsychische Aktivität sind. Typischerweise nimmt das Träumen in Lebensabschnitten zu, in denen wir besonderen Belastungen ausgesetzt sind. Das Unterbewusstsein nutzt den Traum, um diese Konflikte auszugleichen, neue

Strategien im Umgang mit ihnen zu entwickeln und das psychische Gleichgewicht wieder herzustellen. Als ob ein Computer seine Festplatte neu ordnet. Dateifetzen, die nicht mehr benötigt werden, werden gelöscht und überschrieben.
Wichtige Daten werden umsortiert, dass ein schneller Zugriff darauf möglich ist. Der EDV'ler nennt das Defragmentieren, was eine seiner Lieblingstätigkeiten ist, da er dabei nichts zu tun braucht.

Träumen ist so ähnlich. Stellen Sie sich vor, der EDV'ler könnte Einfluss auf das Umsortieren seiner Festplatte nehmen. Er würde die Daten, an denen er im Moment am intensivsten arbeitet dahin verschieben, wo er sie besonders schnell wieder findet. Leider kann das unser gestresster Hacker nicht, da die Kontrolle darüber sein Betriebssystem innehat.

Zugegeben, in diesem Moment wird der Vergleich mit unserer menschlichen Psyche skurril – man stelle sich vor, wir würden mit einem Windows-Betriebssystem laufen. Ständig wären wir dabei, gleichzeitig an unserem kleinen Zeh, dem Daumen und unserem rechten Ohrläppchen zu ziehen, weil dies das Äquivalent zu Alt+Strg+Entf wäre.

Selbsthypnose macht das möglich, wovon Computerfachleute nur zu träumen vermögen: Träume gezielt zu nutzen. Es ist sehr wahrscheinlich, dass derjenige, der sich regelmäßig in Selbsthypnose übt, im Laufe der Zeit auch eine veränderte Traumqualität und/oder –Quantität wahrnehmen wird.
Mancher stellt verwundert fest, dass ein Traum, den er schon lange in stets unveränderten Variationen träumt, plötzlich einen neuen Aspekt hinzugewinnt. Derjenige, der in vielen Nächten von einer dunklen Gestalt verfolgt wurde

und gelähmt vor Angst nicht flüchten konnte, dreht sich urplötzlich um und schaut in das Gesicht des Verfolgers – und sieht sich selbst. Der Träumer, der unzählige Male von einer Felsklippe gestürzt ist, landet plötzlich unversehrt in ruhigen Gewässern.

Durch Selbsthypnose wird eine Verbindung zum kreativen, mystischen, emotionalen und bildhaften Denken hergestellt, das entwicklungsgeschichtlich bedeutend älter ist, als unser so genannter bewusster Verstand. Dadurch eröffnet sich dem Geübten ein ganz neuer Zugang zu den Tiefen seiner Seele. Beim Träumen sind die gleichen Denkstrukturen involviert, was eine enge Verwandtschaft von Selbsthypnose und Traum nahe legt.

Wenn unser Verstand eine Uhr wäre, dann wäre das Unterbewusste der Stunden-, Minuten- und Sekundenzeiger. Das Träumen wäre dann das kleine Fenster der Datumsanzeige, das den Betrachter immer einmal wieder einen kleinen Einblick in die größere Mechanik des Ganzen gibt. Der bewusste Verstand, damit er auch eine Erwähnung findet, ist bei diesem feinmechanischen Wunderwerk gleichzusetzen mit der Gravur auf dem Gehäusedeckel. Die Selbsthypnose ist dann das Einstellrad der Uhr. Wird daran etwas gedreht, dann ändert sich zuerst der Minutenzeiger. Später wird das auch Auswirkungen auf den Stundenzeiger haben. Irgendwann dann sicherlich auch auf die Datumsanzeige.

Manchmal, wenn es fünf vor Zwölf ist, reicht ein bescheidener Dreh, um gleichzeitig auf allen Ebenen eine Bewegung zu erzeugen: Der Minutenzeiger springt auf die volle Stunde, der Stundenzeiger folgt ihm zugleich und die Datumsanzeige springt auf einen neuen Tag.

Um die Dynamik des Träumens, die Veränderungen der Traumqualität und –Quantität nachverfolgen zu können, empfehle ich immer, ein Traumtagebuch zu führen. Oft erwacht man nachts und hat die Details eines Traumes recht gut in Erinnerung. Am nächsten Morgen müht sich dann der Träumer, um zumindest die wesentlichen Eckpunkte seiner nächtlichen Privatkinovorführung zu rekapitulieren. Ein Bleistift und ein Blatt Papier mit ein paar stichpunktartigen Notizen können da wahre Wunder wirken. Der Peniblität der schriftlichen Dokumentation sind selbstverständlich keine Grenzen gesetzt. Ich weiß auch nicht, in wie weit sich solche Schriftstücke weltliterarisch verwerten lassen. Ziel der Übung soll sein, dass der Träumer irgendwann nachvollziehen kann, welchen innerpsychischen Prozess er durchschritten hat.

Ein Traumtagebuch ist auch immer ein Zeugnis der Reifung und was kann in Situationen, in denen man in Resignation zu versinken droht mehr motivieren, als die Gewissheit, dass sich die Psyche mit ihren eigenen unbewussten Fähigkeiten sozusagen im Traum heilt.

Neben den fast schon zwangsläufig auftretenden Veränderungen des Träumens durch die Selbsthypnose, kann natürlich auch der Traum selbst zum Thema der Selbsthypnose werden. So können Träume in einer Art Film vor dem inneren Auge nochmals Revue passieren.

Oftmals ist es möglich, vorher als belastend erlebte Inhalte aus einem anderen Gesichtspunkt heraus zu sehen. Dann verlieren sie ihre Eigendynamik, da der Träumer jetzt aktiv in die Gestaltung eingreift.

Sie sind dabei Ihr eigener Drehbuchautor. Als solcher müssen Sie nicht unbedingt der Handlung, wie sie im Traum vorgegeben wird, folgen. Gestalten heißt auch aktiv Veränderungen vornehmen. So können Sie z.B. unangenehme Träume, die immer einmal wieder auftreten, um neue Elemente bereichern oder Traumatisches abändern und sie so in Selbsthypnose nochmals träumen.

Dies ist kein Traumdeutungsbuch. Dazu nur so viel: Zunächst einmal sollte man alle Figuren, die im Traum auftreten, als Abbild eines Teils seiner eigenen Psyche betrachten. So wird aus dem nächtlichen Verfolger im Moor, dessen Gesicht durch die Kapuze eines düsteren Umhangs verborgen ist, vielleicht ein tiefer Wunsch nach Freiheit, der von den eigenen spießigen Regeln ständig aufs Neue unterdrückt wird. Dann, wenn der bewusste Verstand, in diesem Fall der Unterdrücker, schläft, verschafft sich dieser unbewusste Wunsch vehement Gehör – ist die Katze aus dem Haus, tanzen die Mäuse auf dem Tisch.
Macht man diesen Inhalt zum Thema der Selbsthypnose, schlägt man dadurch auch eine Brücke vom Bewussten zum Unbewussten, schafft die Voraussetzungen, seine ureigensten Wünsche und Sehnsüchte zu respektieren, sich selbst nicht länger weltanschauliche oder moralische, restriktive Regeln aufzuerlegen und im Einklang mit seinen natürlichen Bedürfnissen zu leben.

2.4.2 Selbsthypnose in der Schule und im Beruf

Mit feuchten Händen sitze ich im Vorzimmer des Vorstandes eines großen Automobilzulieferers. Neben mir, der Abteilungsleiter, mit dem ich bereits zwei Vorgespräche hatte. Ein drahtiger Mittfünziger, der jedes Mal, wenn er von seinem neuen IBM-Application-Server erzählt, ein Leuchten in den Augen hat, als ob man einem Fünfjährigen einen ferngesteuerten Batmangleiter mit Sprachmodul unter die Nase hält. Als Techniker verstand ich mich sofort mit ihm – ich hatte wohl ein ähnliches Leuchten in den Augen.

Die Vorzimmerdame war in ein offensichtlich privates Telefongespräch vertieft, in dem es wohl um das neuste Familie-Und-Ich-Rezept ging. Könnten Blicke sprechen, dann würden uns ihre Augen in den Momenten, in denen sie uns treffen, mit herablassender Arroganz anpfeifen, ob wir denn nicht woanders warten könnten.

Die Knöpfe eines silbernen Kastens auf ihrem Schreibtisch beginnen plötzlich rot zu leuchten und eine blecherne Stimme unterbricht den skurrilen Monolog – gnädiger Herr Direktor bittet zur Audienz!

Als wir das Zimmer des Vorstandes betreten, stoßen wir gegen eine Wand aus Pfeifenrauch mit Vanillearoma, das mich irgendwie an meine Jugendzeit erinnert. Buccaneer, Jimmy Hendrix, Lodenmantel und schulterlange Haare machen sich für einen Moment lang in meinem präfrontalen Kortex breit.

Als unter der Dunstglocke ein leicht untersetzter, solariumgebräunter Dreißigjähriger auftaucht, der jedes gängige Managerklischee bedienen kann, haben sich meine Tag-

traumbilder bereits wieder in irgendwelche Tiefen der Großhirnrinde versenkt. Plötzlich steht mir erneut der Schweiß auf der Stirn. Diesmal nicht wegen der Angst, sondern aus Wut. Schon früh wurde mir von meinen Lehrern attestiert, ein Autoritätsproblem zu haben. Im Angesicht dieses Vorzeigekarrieristen bestätigte sich dies.

Dem Gespräch folge ich nur noch mit halber Aufmerksamkeit. Die andere Hälfte verwende ich dafür, mir Satzkonstruktionen und Antworten auszudenken, die möglichst subtil meine Abneigung gegen diesen Mann zum Ausdruck bringen, jedoch nicht so subtil, dass er es nicht merken soll. Das gelingt mir wirklich gut. Noch im Verlauf des Gespräches erfahre ich, dass ich nicht in das so sozial und modern gepriesene Firmengefüge passe.
Der Abteilungsleiter, der mich begleitet, dessen Augenfunkeln schon im Vorzimmer erloschen war, versucht noch zu retten, was zu retten ist – vergeblich.

Einige Wochen später ereilte dann unseren Manager, dessen Individualität sich auf die goldene Krawattennadel beschränkte, von der brillantgefasst seine Initialen thronten, mein Schicksal. Irgendjemand im Aufsichtsrat beschloss, dass er es war, der nicht länger in das Firmengefüge passte.

Sie werden es erahnen, dieses Vorstellungsgespräch war bereits im Vorfeld zum Scheitern verurteilt.

Ein zweites Gespräch, das ich hier beispielhaft wiedergeben möchte, verlief dahingegen ganz anders:
An einem spätherbstlichen Vormittag im November betrat ich die sterilen Flure des Nürnberger Gesundheitsamtes. Heute war er also gekommen, der Tag der Wahrheit, der Tag, an dem es sich herausstellen sollte, ob zwei lange Jahre der Entbehrung, des Abmühens und Paukens sich gelohnt haben.

09:45 – mein persönlicher Termin zur mündlichen Überprüfung. Ich habe es also tatsächlich getan, die Zulassung zur Heilkunde beantragt. Nachdem ich etwas zu früh dran bin, mache ich es mir auf einen, dieser kahlen, kühlen Flure in einem Plastikstuhl bequem.

Die Stuhllehne erinnert mich an meinen 120kg Hintermann, der mir im völlig ausgebuchten Urlaubsflieger nach Ägypten sein Knie schwungvoll in den 12. Brustwirbel rammte. Dies brachte mir einen ziemlich gereizten Rückennerv ein. Die nervende Freundin, die bereits am Heimatflughafen zugestiegen war, passte sehr gut zu dieser körperlichen Verfassung.

Während ich noch so am Grübeln bin, schreitet eine grauhaarige Gestalt energisch den Gang entlang. In seinem ungebügelten weißen Arztmantel erinnert er mich irgendwie an Dr. Jekyll. Gedankenversunken schreitet er an mir vorüber. Mit einem lautstarken »Guten Morgen« reiße ich ihn aus seiner Lethargie. Dr. Jekyll bleibt stehen, wendet sich mir zu und sein Gesicht verformt sich zu einem Lächeln. Dann zieht er weiter seine Bahnen.

Wenn das mal kein gutes Omen sein sollte: Ein aus den Katakomben dieser Einrichtung entwischter Beamter, der in 50 Sklavenjahren Staatsdienst auf eine hagere Silhouette abgemagert war, schenkt mir ein Lächeln. Nach einer viertel Stunde des Wartens, die ohne weitere Begegnungen der dritten Art ablaufen, werde ich zur Prüfung aufgerufen. Als ich den Raum, in denen mich die drei Prüfer erwarten, betrete, kippe ich fast aus meinen für diese Jahreszeit viel zu dünnen Latschen: Dr. Jekyll stellt sich mir als Amtsarzt vor.

Auch diese Situation hätte nicht unbedingt positiv für mich ausgehen müssen. Der Unterschied zum Vorstellungsgespräch mit dem sympathischen jungen Manager war die besondere Vorbereitung auf dieses Gespräch.

Wie kann es anders sein, wenn man in einem Selbsthypnosebuch ein Beispiel nennt: natürlich durch entsprechende Suggestionen. Ich hatte einen Kompromiss mit meinem Unterbewusstsein geschlossen: Der Amtsarzt müsste demnach nicht zu meinem besten Kumpel werden, dem ich dann an einem biergeschwängerten Abend von meiner Verhaftung als betrunkenes Verkehrshindernis in meiner Jugend berichte, wenn ich das Gelernte so neutral und unbefangen wie möglich vortragen könnte.

Selbsthypnose ist also auch ein hervorragendes Mittel, um sich auf wichtige Gespräche im Beruf oder auch auf Prüfungssituationen vorzubereiten. An vielen Universitäten gibt es deshalb auch das Angebot, Entspannungsverfahren zu erlernen. Einige Arbeitgeber bieten ebenfalls diesen Service ihren Angestellten an.

Das Gros der lernenden bzw. arbeitenden Bevölkerung muss sich wieder einmal selbst darum kümmern, ihre

»Selbstvermarktung« effektiver zu gestalten. Aber auch die Lernleistung an sich lässt sich mit Hilfe der Selbsthypnose wesentlich steigern.

LeCron berichtet in seinem Buch davon, wie ein Mathematiker unter Hypnose eine Differentialgleichung in nur zwanzig Minuten löste, wozu er sonst zwei Stunden brauchte. Gut, die Amerikaner beschäftigten auch ein 100köpfiges Forscherteam mit der Aufgabe, einen Kugelschreiber zu entwickeln, der in der Schwerelosigkeit funktioniert. Die Russen benutzten einen Bleistift.

Unser Unterbewusstsein arbeitet sehr rationell. Es muss schon einen guten Grund geben, weshalb es seine wertvollen Denkressourcen zur Verfügung stellen soll. Ein halbherzig gefasstes Ziel nach dem Motto: »etzadla mach ich erscht amoll mei Brühfung zur exhumierden Aldenpflegerin, dann schau merr mal«, lässt wenig Spielraum sich außergewöhnlich zu motivieren.

Stellen Sie sich Ihr konkretes Ziel so plastisch wie möglich vor. Fertigen Sie eine Skizze an und formulieren Sie Ihr Ziel schriftlich aus. Es muss ein detailliertes, anschauliches Bild in Ihrem Kopf entstehen, dass es Wert ist, sich dafür anzustrengen. Begeben Sie sich in Selbsthypnose in die Zukunft, zu dem Zeitpunkt, wo Sie Ihr Ziel erreicht haben. Achten Sie dabei auf alle Details: der blinkende Anrufbeantworter in Ihrem neuen Homeoffice, das Gespräch mit dem Arbeitsteam, die »Medikamentenbecherla« im »Schdationszimmer«.
Rufen Sie sich dieses Bild regelmäßig, unter Beteiligung aller Ihrer Sinne, in Erinnerung: schmecken und riechen Sie die neue Situation, schauen und hören Sie sich diese Situation an. Spüren Sie hinein, wie es sich anfühlt, wenn Sie Ihr Ziel erreicht haben und wie sich das auf Ihr Selbst-

wertgefühl auswirkt. Es sind nicht immer die großen Ziele, die alleine erstrebenswert sind. Auch ein Vorstellungsgespräch, Gespräch mit Vorgesetzten oder dem Leiter der Kreditabteilung Ihrer Bank sind es Wert, sich dafür bestmöglich vorzubereiten.

Machen Sie sich deutlich: Was möchten Sie konkret mit diesem Gespräch erreichen? Wie sehen die Konsequenzen daraus für Sie aus? Ist es wirklich den Traumjob wert, wenn man aus einer persönlichen Abneigung heraus den Vorstand seines Wunschunternehmens vor den Kopf stößt, obwohl solche Menschen im Durchschnitt nur ein Jahr diese Position innehaben?

Häufig erfordert es das Lernen, möglichst effizient zu lesen. Leider liegt es im Wesen der Sache, dass sich ein Buch über fraktale Geometrie meist schwieriger und somit auch langsamer lesen lässt, als der neueste Krimi von Donna Leon.

Als Autor bin ich natürlich versucht dazu, den Ratschlag zu erteilen, dass Sie auch ja jedes Wort meines Buches genüsslich zelebrieren, denn mit ebensolcher Hingabe und Leidenschaft wurde es von mir für Ihren Konsum ausgewählt. Tatsächlich geht jedoch ein zu starkes Haften am einzelnen Wort auf Kosten des Verständnisses des Zusammenhangs.

Unter Hypnose ist es möglich, eine viel schnellere Lese- und somit auch Auffassungsgeschwindigkeit zu erzielen. Sie könnten sich z.B., bevor Sie mit dem Lesen unter Selbsthypnose beginnen, die Suggestionen im Kasten II/XII geben. Lesen funktioniert natürlich nur, wenn Sie unter Hypnose Ihre Augen öffnen, was Sie ja bereits in Übung 5 (Kasten II/IX) gelernt haben. Sie könnten dazu einen Schreibtisch an ihren Ort der Sicherheit (Kasten II/X) stellen, wo sie dann zu Ihren Studien Platz nehmen.

Kasten II/XII: Schnelles Lesen unter Hypnose

»Jetzt, wo ich vom Scheitel bis zur Sohle entspannt bin, ist mein Geist frei und hellwach. Ein Zustand, in dem ich eins mit mir bin, gesammelt und konzentriert. Und obwohl ich so unendlich entspannt und locker bin, ist es in Trance möglich mit den Teilen meines Gehirns zu lernen, die mir im Alltag nicht zur Verfügung stehen. Es ist vollkommen natürlich, dass sich deshalb die Geschwindigkeit, mit der ich Dinge aufnehme, vervielfacht. Es sind Bilder vom größeren Zusammenhang, die sich mir einprägen, die ich in mein riesiges Wissensarchiv speichere, die es mir ermöglichen, rasch auf das Erlernte zuzugreifen.
Wenn ich jetzt gleich meine Augen öffne und den vorliegenden Text lese, dann wandern meine Augen von Zeile zu Zeile, meine Hände blättern zügig Seite um Seite um, während mein Unterbewusstsein alle wichtigen Informationen aus dem Text sammelt, sie verknüpft mit Bisherigem und so einen neuen Zusammenhang herstellt. Dabei ist meine Aufmerksamkeit, mehr noch: mein großer Schatz an unbewussten Fähigkeiten, die mir unter Selbsthypnose bereitstehen, auf diesen Text gerichtet, als ob ich ganz von einer spannenden Lektüre absorbiert bin und meine Umgebung dabei unwichtig wird.«

Typischerweise bringt man mit Hypnose Trägheit, langsame Bewegungen und glasige Augen in Verbindung, was auch teilweise stimmt. Es ist jedoch durchaus möglich, unter Hypnose zu stehen, ohne dass dies eine Außenstehende Person bemerkt, was eine ziemlich spannende und dazu noch nützliche Fähigkeit ist.

Sicher ist es Ihnen schon passiert, dass sie am Vortag eines wichtigen Vortrages oder einer Vorlesung mit dem Objekt Ihrer fleischlichen Begierde (oder Ihrer besten Freundin bzw. Ihrem besten Kumpel) bis vier Uhr früh auf Tour waren. Die Auffassungsgabe wird dementsprechend begrenzt gewesen sein.

Wie soll sich der Verstand an etwas erinnern, dass er nur mit halber oder viertelter Aufmerksamkeit registriert hat? Wie wäre es, wenn Sie damals unter Hypnose an diesem Vortrag oder dieser Vorlesung teilgenommen hätten? Dann hätten Sie bestimmt nicht Thorsten Schmidt, den Vorzeigestreber Ihres Professors, um Einblick in seine Unterlagen bitten müssen.

Leider lernte ich erst recht spät in meinem Leben die nützliche Fähigkeit der Selbsthypnose für mich zu nutzen. Denke ich nur an das Nachsitzen in der Grundschule bei Fräulein Maier – da wäre mir das Wissen um die hypnotische Zeitverschiebung (näheres später, in diesem Kapitel) bare Münze wert gewesen.

Nun, es war mir dennoch vergönnt, zwei schriftliche Prüfungen unter Hypnose zu absolvieren. Das Ergebnis begeisterte mich. Es spiegelte zum ersten Mal den Leistungsstand wieder, der mit dem Aufwand, den ich zur Vorbereitung betrieb, gerechtfertigt war (ich habe diesen Satz bewusst interpretierbar gemacht).

Hypnotisiert zu sein, ohne dass dies jemand im Umfeld bemerkt, ist auch für andere Anlässe ziemlich nützlich. Man denke nur an den nächsten Zahnarztbesuch, die Warzenbehandlung beim Hautarzt oder das klärende Gespräch mit dem Vorgesetzten.

Im nachfolgenden Kasten finden Sie einige nützliche Suggestionen dazu. Durch Ihr beständiges Üben sind Sie in der Zwischenzeit bestimmt in der Lage, in kürzester Zeit einen ausreichend tiefen Hypnosezustand herbei zu führen.

Nutzen Sie ruhig einen Schlüsselsatz, den Sie dann zur Einleitung einer Selbsthypnose verwenden, um sich während eines kurzen Wimpernschlages, in eine Hypnose zu versetzen. Ich sage mir hierzu »Entspanne Dich jetzt!«, während ich meine Augen schließe. Ein Beobachter wird sich nichts Sonderliches dabei denken. Viel eher wird ihm meine rote Nase vom letzten Solariumbesuch auffallen, bei dem ich meinen Hauttyp sehr optimistisch als südländisch einstufte, obwohl sie eher der Farbe eines skandinavischen Krabbenfischerunterschenkels glich.

HERE COMES THE SUN...

Kasten II/XIII: Unbemerkt in Hypnose

»Ich bestehe aus vielen Teilen. Ein Teil ist mein Körper, ein anderer sind meine Muskeln, wieder ein anderer die Mimik und Gestik. Die Teile, die jetzt für mein Umfeld sichtbar sind werden so reagieren, wie sie das beim vollsten Bewusstsein tun, auf Fragen meiner Mitmenschen ganz natürlich reagieren, lebendige und ausdrucksvolle Gesichtszüge zeigen.
Gleichzeitig trete ich mit meinem Unterbewussten in Kontakt und gehe in eine tiefe Hypnose. Ein wundervoller Ort, den ich so oft schon aufgesucht habe – mein Lieblingsort, an dem Blumen blühen und ihren betörenden Duft verströmen. Ein Ort der Freiheit und unendlichen Entspannung, ein Ort, an dem es mir leicht fällt, hellwach für die wichtigen Dinge zu sein.
<Das Erlernte wieder zu erinnern.>
<Dem Vortrag zu folgen und meinem Unterbewusstsein alle wichtigen Informationen heraus sammeln zu lassen.>
<Ruhig und gelassen im Gespräch mit meinem Vorgesetzten zu bleiben, mich sachlich und kompetent zu präsentieren.>

Ich habe ja bereits das Phänomen der Zeitverschiebung unter Hypnose erwähnt. Das passiert oft spontan und somit ohne besondere Suggestionen hierzu.

Man glaubt, es sei mindestens eine halbe Stunde bei der Selbsthypnoseübung vergangen. Tatsächlich waren es nur zehn Minuten.
Manchmal, wenn wir so von einem Buch oder einem Film gefesselt sind, dass wir unsere Umgebung weitgehend ausblenden, sind wir überrascht über das schnelle Ende. In Wirklichkeit war unsere Aufmerksamkeit jedoch zwei Stunden fokussiert.

Unser Unterbewusstsein ist in der Lage, Dinge viel schneller Aufzufassen, als das unser bewusster Verstand könnte. Wenn wir uns an die Stirn stoßen, dann ziehen wir sofort unseren Kopf ein, in Bruchteilen einer Sekunde. Wenn wir im Auto eine Gefahr mit den Augen erkennen, dann dauert es eine Ewigkeit von einer Schrecksekunde, bis wir imstande sind eine Reaktion einzuleiten. Unser Gehirn ist immer noch zum Großteil auf die Bedürfnisse unserer steinzeitlichen Vorfahren ausgerichtet. Wenn unserem Ur-Ur-...-Ur-Großvater ein Säbelzahntiger ins Genick gesprungen ist, dann war es überlebenswichtig, schnell reagieren zu können.

Ich möchte aber noch ein weiteres Phänomen ansprechen: die so genannten ideomotorischen Bewegungen. Diese wurden zum ersten Mal vom englischen Naturwissenschaftler William Benjamin Carpenter (1813-1885) im Jahr 1852 beschrieben. Er nahm ein Pendel in die Hand und dachte an eine bestimmte Richtung. Tatsächlich begann das Pendel in exakt diese Richtung zu schwingen. Daraus schloss er, dass das Gehirn feinste Muskelbewegungen aktiviert, wenn man nur an eine Bewegung denkt.

Seither werden viele parapsychologische Phänomene, wie das Gläserrücken, Wünschelrutenlaufen oder das Pendeln durch den so genannten »Carpenter-Effekt« zu erklären versucht. In der Hypnotherapie macht man sich diesen unbewussten Vorgang zunutze.

Selbstverständlich kann man auch in der Selbsthypnose davon profitieren. Ideomotorische Bewegungen sind eine Art Schnittstelle zu Denkprozessen, die eher im Verborgenen ablaufen, deren bewusste Kontrolle im Alltag weitgehend fehlt.

Kasten II/XIV: Ideomotorische Bewegungen

»Hypnose ist nicht nur ein Zustand, in dem man passiv und phlegmatisch dasitzt. Mein Körper macht ja auch ganz automatisch kleinste Bewegungen, ohne dass ich davon bewusst wüsste. Ich nicke zum Beispiel mit dem Kopf, wenn ich ja sage oder ich bewege den Kopf nach links und rechts und schüttele ihn, wenn ich nein sage.«

Lassen Sie dann ihr Unterbewusstsein eine Hand auswählen, die sich hebt, wenn Sie zu etwas »Ja« sagen: »Ich erlaube meinem Unterbewusstsein stellvertretend für mich zu antworten, indem es von ganz alleine eine Hand hebt, die für ein »Ja« steht. Ein »Ja« wie eingemeißelt in Stein, als übergroße Skulptur. Und das geschieht von ganz alleine, ganz ohne mein bewusstes Zutun. Mein Unterbewusstsein darf sich jetzt mitteilen, wenn es das möchte.«

Typischerweise erhebt sich die Hand spontan, in ruckartigen Bewegungen. Haben Sie Geduld, Ihr Unterbewusstsein braucht mitunter einige Zeit. Wiederholen Sie ggf. die Suggestionen und stellen Sie sich möglichst bildhaft eine Situation dar, die Sie deutlich mit einem »Ja« verbinden.

Die Zeitverschiebung und die ideomotorischen Bewegungen können ideal zum Lernen verwendet werden. Wunderbar, zu wissen, dass wir uns einmal ganz auf unsere unbewussten Fähigkeiten verlassen dürfen, nachdem wir tagelang über unseren Büchern brüten mussten, um uns bei höchster Konzentration komplexe Winkelfunktionen oder ähnliches einzupauken.

Folgende Suggestionen könnten eventuell für die Zusammenfassung einer Lerneinheit verwendet werden. Nach einigen Stunden intensiven Lernens, kann alleine die Entspannung, die dabei ganz automatisch entsteht, wahre Wunder wirken.

Kasten II/XV: Lernstoff zusammenfassen

Stellen Sie sich ein riesiges Archiv vor, vielleicht eine große Bibliothek, die Sie kennen o.ä. Das ist ihr Wissensarchiv! Alles, was Sie bisher gelernt haben ist dort irgendwo vorhanden. Das, was Sie intensiver aufgenommen haben, ist griffbereit in einem, der vorderen Regale. Die anderen Inhalte, entsprechend ihrer bewussten Präsenz, in den hinteren Teilen des Archivs.

»Wenn mein Unterbewusstsein jetzt den Lernstoff, den ich heute gelernt haben zusammenfasst und wiederholt, dann sortiert es ihn ganz neu in mein riesiges Wissensarchiv ein und erstellt einen Index, damit ich schnell darauf zugreifen kann, wenn dies notwendig ist, natürlich besonders während meiner Prüfung.
Das geschieht ganz alleine, ohne dass ich hierzu etwas bewusst tun müsste. Und alles passiert in einem Bruchteil der Zeit, die sonst dazu notwendig ist. Wie ein Computer, der da alle Inhalte neu indiziert, sie nach Thema sortiert und so aufbereitet, dass sie jederzeit zur Verfügung stehen – nur, dass mein Unterbewusstsein noch wesentlich effektiver arbeitet, als das ein Computer könnte.
Jedes Mal, wenn ein Teilabschnitt (Kapitel, Einheit, etc.) neu ins Archiv aufgenommen wurde, dann hebt sich die »Ja-Hand«.
...
Zum Abschluss gehe ich noch einmal in eine tiefe Trance, um mich zu sammeln und zu erholen, um neue Kraft zu schöpfen, während mein Unterbewusstsein mich optimal auf mein Ziel (Zeitpunkt nach der Prüfung, etc.) vorbereitet.«

Ihrer Kreativität sind natürlich keine Grenzen gesetzt. Erweitern Sie die vorgestellten Suggestionen um Ihre persönlichen Einfälle und Vorlieben. Ich, als ehemaliger Programmierer bevorzuge oft technische Vergleiche und Bilder aus der Welt der EDV. Einem Förster kommen vielleicht eher Vergleiche aus der Natur nahe, einem Landwirt welche aus der Viehzucht, usw.

Diese Techniken lassen sich natürlich ebenso effektiv im Berufsleben, wie in der Schule oder im Studium einsetzen. So könnte man sich auf diese Weise z.B. optimal auf Reden oder Vorträge vorbereiten.

LAMPENFIEBER...

Oftmals werden wir bei öffentlichen Auftritten oder Prüfungen (besonders mündlichen) von diffusen Minderwertigkeitsgefühlen in der Entfaltung unserer Fähigkeiten gebremst. Ob das jetzt daran liegt, dass wir in der vierten Klasse der Autorität von Fräulein Meier schutzlos ausgeliefert waren oder ob unser archaisches Gehirn damit die Gefahr, dass wir vor unserer steinzeitlichen Sippe in Ungnade fallen könnten, wenn wir etwas falsch machen, assoziiert, bleibt vorerst wohl im Dunkeln.

Meist plagen uns Gedanken wie: »Ich weiß eigentlich noch zu wenig über das Thema!«, »Was denken die jetzt über mich?« oder »Denen bin ich ausgeliefert!«, die den ausgefeiltesten Vortrag zum Fall bringen können und den bestvorbereitetsten Prüfling ins Wanken bringen.

Während solcher Situationen spielen wir, wie so oft in unserem Leben eine Rolle. Der Unterschied zu anderen Rollen, der Mutter- oder Vaterrolle, der Rolle des Vereinsmitglieds, der Freundin oder des Freundes, liegt darin, dass wir uns mit dieser Rolle noch wenig identifizieren.
Ein angehender Anwalt, vor der Prüfungskommission sieht sich noch viel mehr in der Rolle des Studenten, der Mühe hat aus einem Tiefkühl-Schlemmer-Filet eine Mahlzeit zuzubereiten, als in der Rolle, des ehrenwerten Staatsanwaltes, der über den Kleinkriminellen, der eine Schachtel Camel in der Dorffiliale von Rewe geklaut hat, seine moralische Wertung abgibt.

Wie kann man sich besser in eine Rolle einfinden, als durch wiederholtes Üben? Einen Psychoanalytiker mit 30 Jahren Berufserfahrung wird man in der Fußgängerzone als solchen erkennen. Einen Psychotherapeuten, frisch vom Studium weg, wird man eher für einen Weltenbummler halten, der immer noch am Vitaminmangel, den er sich bei der Durchquerung der Wüste Gobi zuzog, leidet.

Eine hervorragende Möglichkeit, sich auf solche Situationen vorzubereiten, ist das Einüben der Rolle unter Selbsthypnose. So kann man sich z.B. einen Katalog mit imaginären (Prüfungs-) Fragen ausarbeiten, auf die im Rollenspiel geantwortet wird.
Selbiges lässt sich natürlich auch mit imaginären Vorstellungsgesprächen, Vorträgen, etc. machen. Man kann sich auch technischer Hilfsmittel, wie z.B. einer Videokamera oder einem Kassettenrekorder bedienen. Nach der Induktion einer Selbsthypnose inszeniert man dann das Rollen-

spiel mit entsprechenden Suggestionen, dass man natürlich, sympathisch und kompetent wirkt und das Erlernte optimal wiedererinnert.

Ein weiterer Fallstrick in einer Prüfungssituation (auch einer beruflichen), liegt darin, dass wir oft einen überzogenen Anspruch an uns selbst haben. Wir müssen mindestens mit Auszeichnung bestehen und ganz nebenbei das Herz des Prüfers oder der Prüferin erobern und einen bleibenden Eindruck durch unsere bemerkenswerte Persönlichkeit hinterlassen.

Milton Erickson – Sie erinnern sich? Der Vater der modernen Hypnotherapie – arbeitete sehr erfolgreich mit Akademikern zusammen, die er auf ihre Prüfung vorbereitete. Er vernachlässigte die Noten dabei völlig und beschränkte seine Suggestionen alleine auf das Bestehen der Prüfung. Der Erfolg gab ihm Recht. Ausnahmslos erzielten seine Versuchspersonen bessere Noten, als das zu erwarten war.

Andererseits arbeitete er auch mit Studenten, die an einer ausgeprägten Prüfungsangst litten. Manchmal sind Minderwertigkeitsgefühle und Versagensängste so verinnerlicht, dass therapeutische Hilfe notwendig wird. Oft sind kindliche Erlebnisse, Herabsetzen, Tadeln, etc. dafür verantwortlich, dass man eine destruktive Haltung gegenüber sich selbst einnimmt und sich nicht die Intelligenz zumutet, die man in Wirklichkeit besitzt. So wird geradezu mit stoischer Sicherheit immer wieder von Neuem Versagen heraufbeschwört.

Otto-Normal-Prüflinge hingegen, werden immer auch vom Ehrgeiz, möglichst gut abzuschneiden, getrieben. Ihnen können folgende Suggestionen nützlich sein:

Kasten II/XVI: Prüfungsvorbereitung

Stellen Sie sich Ihre Prüfungssituation mit allen Sinnen vor! »Ich bin ruhig und gelassen, so wie ich dass immer bin, an meinem Ort der Sicherheit. Die Luft, die ich hier so klar und rein atme, erfrischt mich bei jedem Einatmen mehr und gibt mir Ruhe und Gelassenheit. Bei jedem Ausatmen fließt die Last ab und ich gehe tiefer in Trance und bleibe dennoch äußerlich hellwach und aufmerksam.
Ich habe mich optimal auf diese Prüfung vorbereitet, ein riesiges Wissensarchiv angehäuft. Mein Unterbewusstsein hat all das Wissen sortiert, geordnet und indiziert, sodass es mir jetzt optimal aufbereitet zur Verfügung steht.
Ich werde alle nachfolgenden Fragen aufmerksam lesen. Mein Unterbewusstsein wird dabei bereits eine Verbindung zu meinem Wissen herstellen, sodass ich ein tieferes Verstehen entwickle und die passende Antwort gebe.

Endlich ist der Moment gekommen, an dem ich all mein Wissen anwenden kann. All die Mühe der Vorbereitung ist dann vorbei und der Zeitpunkt ist gekommen, an dem ich all meine Kenntnisse offenbaren darf.«

Einige meiner Klienten berichteten mir, dass sie sich während einer schriftlichen Arbeit in Hypnose versetzten und so hervorragende Ergebnisse erzielen konnten. Die vorangegangenen Suggestionen aus Kasten II/XVI können hierzu ebenfalls verwendet werden.

Mit feuchten Händen sitze ich auf einer Schulbank, die vermutlich vor einigen Jahren in einer Grundschule ausrangiert worden war, da deren Fünftklässler eine Petition wegen chronischer blauer Flecken an den Knien einreichten. Es ist der Tag, an dem ich meine geistigen Ergüsse zum Thema Sozialkunde zum Besten geben soll. Nicht, das mir Soziales nicht am Herzen läge. Die Erfinder dieses Schulfaches gaben sich bei der Auswahl des Lernstoffes jedoch alle Mühe, nicht doch etwas darin zu belassen, was auch nur im Entferntesten das Interesse derer wecken könnte, denen man dieses Fach zumutete. Meinen Klassenkameraden schien es nicht viel besser zu ergehen. Jeder wurde an eine dieser Folterbänke gesetzt und harrte jetzt der Dinge, die da kommen sollten – und die kamen dann auch.

Während der obligatorischen Eröffnungsansprache des Prüfungsleiters, der nochmals theatralisch auf die schwerwiegenden Konsequenzen, die ein Verstoß gegen die Regeln hat, hinweist, klopft es plötzlich energisch an die Tür. Ein Kollege teilt ihm mit, dass aus Platzgründen die Abschlussprüfung der Jungfrisösinnen auch in diesem Raum stattfinden müsse.

Plötzlich eröffnen sich für mich gleich zwei Probleme: Zu dem Mangel an Wissen gesellt sich jetzt eine 19 jährige Wasserstoffblonde, deren Rock so kurz ist, wie meine Assoziationskette zur Frage, weshalb die Bundesversammlung den Bundespräsidenten wählt. Nervös zucken ihre Beine hin und her, als hätten sich alle Mächte gegen mich verschworen, mit der Absicht, mich durch diese Prüfung fallen zu lassen.
Wie um alles in der Welt soll man sich da auf die Bundesversammlung konzentrieren? Mir rasen die Gedanken mit wahnsinniger Geschwindigkeit durch den Kopf: Präsident, Landtag, Legislaturperiode – Körbchengröße, Taillenumfang, Telefonnummer.

Es grenzte an ein wahres Wunder, dass ich diese Prüfung gerade noch so mit »Ausreichend« bestand. Wer weiß, vielleicht hätten mir damals die Kenntnisse in Selbsthypnose den Staatspreis eingebracht – dann hätte ich jedoch wahrscheinlich einen anderen beruflichen Weg eingeschlagen…

...NOCH MAL GUT GEGANGEN!

2.4.3 Selbsthypnose im Sport

»Erfolge im Zehnkampf sind wie ein guter Wein: Wenn man einmal einen guten Wein getrunken hat, möchte man sich mit einfachem Tafelwein nicht mehr zufrieden geben. Und wenn man einmal gewonnen hat, will man jeden Tag gewinnen.« (Christian Plaziat, frz. Zehnkämpfer)

Entspannungstechniken, Mentales Training und psychologische Betreuung sind aus dem modernen Leistungssport nicht mehr wegzudenken. Wer heute erfolgreich an der Spitze einer Wettkampfart mithalten möchte, der kommt kaum daran vorbei, sich mit dem Einfluss des inneren Schweinehundes auf seine Leistungsentfaltung zu beschäftigen. Aber auch Otto-Normal-Sportler kann von den psychologischen Techniken aus dem Spitzensport profitieren. Ob man sich jetzt auf seinen Einsatz als C-Klasse-Fußballer vorbereitet oder ob man für die Teilnahme des Bamberger Altstadtlaufs in der Seniorengruppe trainiert, Psychotraining kann eine wertvolle Unterstützung sein.

Als ehemaliger Rennrodler weiß ich, wie wichtig die mentale Vorbereitung auf einen Wettkampf, explizit auf einen Rennlauf ist. Sicher kennen Sie, die zugegeben manchmal etwas seltsam auf den Zuschauer wirkende, geistesabwesende Gestik und Mimik der Rodler, wenn sie in Gedanken die Bahn hinabfahren. Einlenkmomente, Körperstreckung und Verhalten in Schlüsselstellen werden als Bild im Unterbewussten festgehalten, sodass ein Entwurf eines optimalen Rennlaufes im Kopf entsteht. Wie wichtig dieses mentale Training ist, weiß ich aus eigener leidvoller Erfahrung zu berichten:

Es war ein sonniger, kühler Wintertag, der mir noch lange als schlechtes Beispiel in Erinnerung bleiben sollte. Die

Rodelbahn des kleinen Städtchens im Hochsauerland kauerte sich geduckt in den Berg, wie eine Schlange, die sich kurz vor dem Zubeißen befand. Es war einer dieser Tage, an denen ich mich fragte, weshalb ich ausgerechnet diese Sportart machte. Es war wohl praktisch, dass man die Wettkampfstätten immer am kältesten Flecken, den es weit und breit gab, errichtet. Orte, die so schattig waren, dass Vampire ohne Schwierigkeiten auch tagsüber nicht Gefahr laufen würden, einen Sonnenstrahl abzubekommen.

Da stand ich nun am Starthaus in meinem lackierten Rennanzug, mit dem ich auf jeder SM-Party eine Attraktion gewesen wäre. Es war der Doppelsitzerwettbewerb der Deutschen Juniorenmeisterschaften. Doppelsitzer fahren war für uns eine nette Nebenbeschäftigung, denn eigentlich wollte jeder ein erfolgreicher Einzelpilot werden. Diese Prioritätensetzung konnte man uns schon rein äußerlich ansehen. Wir trugen unsere ältesten Rennanzüge. Selbst Robin Hood nach dem Sturm auf Nottingham Castle hätte in seinen Strumpfhosen eine bessere Figur abgegeben. Da, wo sonst mein Hintern von aerodynamischen, glatten Lack verdeckt sein sollte, klaffte ein ca. dreißig Zentimeter großes Loch. Dieses gab einmal einem älteren Ehepaar den Grund zur Annahme, dass Doppelsitzerfahrer wohl ihren Sport aus einer bestimmten sexuellen Neigung heraus betrieben.

Normalerweise, war der Hintermann meist ein schmächtiger, kleiner Mensch, der von seinem Vordermann liebevoll als Rucksack bezeichnet wurde – da soll sich noch einer über die Komplexe kleiner Leute wundern... Die Betonung liegt wohl gemerkt auf »normalerweise«, denn von schnöder Physik ließen wir uns nicht irritieren. So waren wir das einzige Doppel, auf dem zwei Menschen über 1,85m Platz fanden, was zu einer einzigartigen Fahrdynamik führte.

Oft waren wir für die Zuschauer schon von weitem erkennbar. In engen Kurven prallten unsere Helme gegeneinander und verursachten ein Geräusch, das an einen Deuz-Einzylinder-Traktor Baujahr 1935 erinnerte. Gut, das lag zugegebenermaßen nicht nur an unserer Größe, sondern auch am mangelnden Fleiß beim Training der Nackenmuskulatur, die einmal mehr der Physik der Erdanziehungskraft trotzen sollte. Zu unserer Verteidigung muss ich jedoch sagen, dass zu dieser Zeit noch Franz-Josef Strauß Ministerpräsident in Bayern war und wir dachten, regelmäßiges Muskeltraining des Nackens könnte uns in kleine halslose Strauß-Klone verwandeln.

Insgesamt hatten sich drei Doppelsitzer zum Wettkampf gestellt. Bei dieser Athletendichte ist es nicht verwunderlich, dass wir uns ganz gut kannten. Die Abstände zwischen uns, bei den Trainingsläufen waren so eklatant,

dass bei den Platzierungen keine Überraschungen zu erwarten gewesen wären. Die zwei Paare waren uns so überlegen, dass wir uns bereits auf einen wunderschönen Pokal für die Drittplatzierten freuten. Vor meinem geistigen Auge stand der Pokal schon im Zentrum meines Zimmers, wo er fortan als ein in Stahl gegossenes Phallussymbol die Herzen meiner weiblichen Besucher höher schlagen lassen sollte.

Ein Doppelsitzer war uns allen so hoch überlegen, dass jeder von uns bereits wusste, wie weit er die Regalböden voneinander entfernen musste, damit seine Siegestrophäe dazwischen passte.

Nach dem ersten Rennlauf hatte sich unsere Prognose erhärtet. Die Abstände waren so, wie wir sie erwartet hatten. So kam es, dass unser bereits schon recht gemütliches Beisammensein, jeweils vor den Rennläufen im Starthaus, noch geselliger werden sollte. Der Hintermann des Zweitplatzierten brachte plötzlich einige kleine Fläschen Rum zum Vorschein, die er sonst dazu verwendete, das Gefrieren seines Visierputzmittels zu verhindern. Unsere Klassenprima lehnten die Einladung zum Rennrodelfrühschoppen ab, was uns nicht weiter störte. Die haben später deshalb auch die Olympiamedaillen gewonnen und nicht wir, aber diese Weite des Horizontes erschloss sich uns damals leider noch nicht – wobei wir bestimmt die lustigeren Erinnerungen haben.

So »gedopt« verzichteten wir vier Frühschoppenbrüder auf die mentale Vorbereitung für den bevorstehenden Rennlauf, die sonst jeder Schlittensportler obligatorisch durchführt. Nachdem ich dieses über 20kg schwere Ungetüm von Schlitten die Startrampe hinauf getragen hatte, war mir direkt etwas schwindelig. Musste wohl am Blutdruck liegen. Wir saßen am Startbügel und erhielten das Startsignal. Mein Vordermann begann anzuzählen: »Ooansch-zschwoa…«

Irgendwie schaffte ich es nicht, die schon im Nüchternen schwierige Sprachbarriere zwischen uns zu überwinden. Schließlich zog er ab, sodass ich ganz erschrocken mit meinem Visier gegen seinen Helm prallte. »Dann leg ich mich halt mal hin!«, dachte ich mir und für einen Moment ärgerte ich mich, dass der zweite Platz vor kurzem noch so nah gewesen war, als man unsere Rumspender disqualifizieren wollte, da sie einen Trainingslauf mit der Schneeschippe absolvierten. Schon waren wir im Kreisel. Auch die nächste Kurve über war ich noch damit beschäftigt, auszurechnen, um wie viel höher ich den Regalboden hätte hängen müssen, wenn wir den Pokal für den zweiten Platz gewonnen hätten.

Es ist nicht so, dass man als Hintermann nichts zu tun hätte während eines Rennlaufes. Gerade an Schlüsselstellen, dort wo ein stärkerer Lenkeinsatz erforderlich ist, muss man sich besonders einbringen. Eigentlich sieht man ja von der schönen Fahrt aus dieser Position recht wenig, außer der Hinterseite des Helmes des Vordermanns. Mit dem Druckknopf für die Befestigung des Visiers, dass sich dort befand, war ich bereits per Du. Ab und an verwöhnt einen sein Pilot auch schon einmal mit einem Kommentar, wie: »oh oh oh oh oh«, oder »hrggggg«.

Um sich zu orientieren, ohne dass man wirklich etwas sieht, sucht man sich markante Punkte, an denen man dann seinen Lenkeinsatz macht.

Plötzlich sah ich eine kleine Streckenampel, die man für den Schülerstart installiert hatte, an mir vorbeihuschen.

»Da hätte ich doch was tun sollen?« schoss es mir durch den Kopf. Nachdem ich meinen Einsatz verpasst hatte, beschloss ich, nunmehr zu verharren und bereitete mich auf den unausweichlich folgenden Einschlag vor. Für einige Millisekunden freute ich mich, dass ich nun doch noch einen zusätzlichen Regalboden unterbringen konnte, um die schönsten Bilder des letzten Urlaubes mit meinen Kumpels aufzustellen und schon spürte ich den Schlitten kippen. Das war immer der Moment, an dem ich froh war, Hintermann geworden zu sein. Das Gros der kinetischen Energie absorbierte nämlich der Pilot durch die Umwandlung über Reibung in Wärme...

Als wir nach einem imposanten Sturz zum Stillstand gekommen waren, versuchten wir noch uns den Gegenanstieg der letzten Kurve, hinauf zur Ziellichtschranke zu hangeln. Laut Reglement müssen beide Fahrer mit Sportgerät das Ziel passieren, damit der Lauf Gültigkeit hat.

An diesem Tag verlor diese Sportart ihre graziöse Eleganz. Zwei lustige Gesellen in ausgeleierten Rennanzügen versuchen fluchend in lackierten Socken eine 25 Grad Steigung hoch zu kriechen.

Die Besucher des Rennens schienen, aufgrund unseres Unterfangens, mehr und mehr Begeisterung an den Tag zu legen. Unter grölendem Beifall schafften wir dann auch fünf Meter Anstieg, um anschließend 15 Meter bauchlängs zurück zu rutschen...

Der Stellenwert der mentalen Vorbereitung hat in den letzten Jahren stetig zugenommen. Heute gilt es als erwiesen, dass vorgestellte Bewegungsabläufe auch tatsächliche Bewegungen trainieren können. Das liegt vor allem daran, dass unser Gehirn diese Prozesse weitgehend unbewusst ausübt. Ein Rodler kann sich z.B. nur auf einige wenige Details des Lenkvorganges in einer Kurve konzentrieren. Das Gros des Bewegungsablaufes findet jedoch ohne sein willkürliches zutun statt. Dass dennoch alle Muskeln koordiniert arbeiten und ein Tennisspieler etwa, den Ball auch tatsächlich trifft, liegt an den motorischen Fähigkeiten des Kleinhirns. Dort sind alle Bewegungsprogramme abgespeichert. Unser Großhirn dagegen plant größere Aufgaben indem es auf die im Kleinhirn gespeicherten Fertigkeiten zurückgreift.

Erlernt der Doppelsitzerhintermann z.B. den Einlenkpunkt der Schlüsselstelle einer neuen Bahn, dann geschieht das zunächst relativ bewusst, indem das Großhirn ein Signal an das Rückenmark sendet, dass es die Muskeln in Bewegung versetzen soll. Gleichzeitig gelangen über die Sinneskanäle Informationen dieser Bewegung an das Kleinhirn.

Je schneller und zielgerichteter eine Bewegung ist, die man erlernt, desto größer ist die Beteiligung des Kleinhirns schon während des Lernens. Der, der sich vor einer Kollision mit einem Bus durch eine Hechtrolle zur Seite rettet, hat diese Bewegung nicht schon dutzende Male vorher geübt. Er rettet sein Leben, indem er auf die im Kleinhirn gesammelten Erfahrungen zurückgreift und diese in einer unbewussten Höchstleistung zu einem neuen Bewegungsmuster arrangiert.

Das Kleinhirn kann trainiert werden, um Bewegungsabläufe zu präzisieren und zu automatisieren. Neurowissenschaftler gehen davon aus, dass intensive Aktivitäten im Gehirn Spuren hinterlassen. Es entstünden zunächst so genannte dynamische Engramme. Konzentrieren sich unsere Doppelsitzerfahrer z.B. auf einen möglichst harmonisch aufeinander abgestimmten Start, dann bleibt für mehrere Stunden eine Spur, ein Bild davon in ihrem Gedächtnis. Während dieser Zeit bleiben die beteiligten Funktionseinheiten des Gehirns besonders empfänglich für Folgereize. Üben die Rodler erneut den Start, dann »brennt« sich dieses Bewegungsmuster dauerhaft ein und wird zu einem so genannten bleibenden Engramm – selbstverständlich nur, wenn die Gehirne der Rodler dieses als speicherungswürdig einstufen.

Im Beispiel zu Beginn des Kapitels ist neurophysiologisch folgendes passiert: Die ersten Kurven der Bahn bargen keine besonderen sportlichen Schwierigkeiten für uns, weshalb sie auch mit den im Kleinhirn gespeicherten ähnlichen Bewegungsmustern bewältigt werden konnten. Die Schlüsselstellen der Bahn konnten jedoch bei den Trainingsläufen nur durch die Installation von dynamischen Engrammen, mittels mentalen Trainings, optimal gefahren werden. Die Konzentration vor dem zweiten Rennlauf war so stark beeinträchtigt, dass der richtige Lenkeinsatz einfach verpasst wurde. Noch bevor im Kleinhirn ein dauerhaftes Bewegungsmuster verankert werden konnte, unterblieb ein Auffrischen des dynamischen Engramms.

Um also zielgerichtete Bewegungen ausüben zu können, bedarf es eines Lernprozesses. Dieses Lernen kann nicht nur auf rein physikalischer Ebene stattfinden, sondern kann effektiv durch mentales Training unterstützt werden. Mit modernen, bildgebenden Verfahren konnte nachgewiesen werden, dass bei einer vorgestellten Bewegung die gleichen Hirnareale aktiv sind, wie bei der tatsächlichen Ausführung der Bewegung.

Forscher um Guang Yue, von der Cleveland Clinic Foundation in Ohio, konnten bei einem Versuch nachweisen, dass man alleine durch Gedankenkraft die Bizepsmuskulatur deutlich stärken kann. Die Forscher hatten eine Gruppe von 10 Freiwilligen im Alter zwischen 25 und 35 angewiesen, sie sollten im Geiste einen ihrer Bizepsmuskeln trainieren. Dieses Training wurde fünf Mal die Woche unter EEG-Kontrolle durchgeführt. Bereits nach vierzehn Tagen wurde ein durchschnittlicher Muskelzuwachs von 13,5 Prozent bei der Gruppe festgestellt. Bei einer Kontrollgruppe, die nicht am mentalen Training teilnahm, konnte dieser Zuwachs nicht festgestellt werden.

Nach unserem Doppelsitzerdesaster in Winterberg, fiel es mir später schwer, während des mentalen Trainings, mir einen optimalen Lauf vorzustellen. So ein missglückter Rennlauf kann durchaus wie eine Art Trauma aufgefasst werden. Im Moment eines Traumas ist vermutlich die neuronale Aktivität stark verstärkt. Das hinterlässt natürlich ein ebenfalls starkes, oftmals dauerhaftes Engramm, eine »Erinnerungsspur«.

Es ist ja auch durchaus sinnvoll, wenn sich der Körper zukünftig vor solchen Erlebnissen schützen möchte. Für den Sportler bedeutet das jedoch einen erheblichen Wettbewerbsnachteil.
Langsam muss er wieder Vertrauen in die eigenen Fähigkeiten erlangen. Erfahrungen machen, die in ihrer Summe dann stärker wiegen, als das Trauma. Man kann sich dabei eine Technik zu Hilfe nehmen, die es einem erlaubt, trotz der negativen Bewertung des eigenen Könnens opti-

male Bewegungsfolgen einzuüben: Das Lernen am Vorbild.

Kasten II/XVII: Lernen am Vorbild

Sicher haben Sie ein Vorbild in Ihrer Sportart oder mehrere Vorbilder – oder vielleicht auch nur Menschen, die Sie für eine besondere Technik bewundern.

»Ich betrete die Wettkampfstätte, da sind viele Menschen rings um mich herum, ein fachkundiges Publikum, das voller Anspannung den Wettkampf erwartet. Doch irgendetwas ist anders, es scheint so, dass sie mich gar nicht wahrnehmen, als wäre ich unsichtbar für sie und ich erkenne, dass die Blicke der Zuschauer auf eine andere Person gerichtet sind – auf mein Vorbild.

Ich sehe mein Vorbild, wie es strotzt vor Selbstbewusstheit, wie sicher es sich ist, eine ausgezeichnete Leistung zu erbringen. Ich gehe einige Schritte vor, ich stelle mich direkt hinter mein Vorbild und beobachte aufmerksam jede Bewegung und jede Gestik meines Vorbildes.

Ich gehe jetzt noch einen Schritt vor und ich trete plötzlich in den Körper meines Vorbildes hinein. Ich schlüpfe in ihn hinein wie man vielleicht in einen Mantel hinein schlüpft. Wie kraftvoll sich das anfühlt und wie geschmeidig und zielgerichtet jede einzelne Bewegung ist. Ich beobachte und fühle einfach, wie sich jeder Muskel, ja jeder einzelne Nerv sich bewegt. Wie präzise und koordiniert jeder Bewegungsablauf gesteuert wird. Und wie selbstverständlich lerne jetzt auch ich diese Abläufe. Jede einzelne Bewegung, jedes Muskelanspannen und -lockern präge ich mir ein. Das passiert auf ganz natürliche Weise.

Wahrscheinlich bin ich erstaunt, wie mühelos das geht. Und ich kann auch durch die Augen meines Vorbildes sehen. Ich sehe das begeisterte Publikum, wie es mir zujubelt, wie fasziniert es von meiner Kraft und Geschicklichkeit ist – aber auch, wie es meine menschlichen Werte mit Beifall honoriert.

Wenn ich möchte, dann kann ich ja das Gelernte vertiefen, verbessern und zu einem Teil meines Erfahrungsschatzes werden lassen und ich werde – vielleicht schon bei meinem nächsten Wettkampf – oder vielleicht bei meinem übernächsten – mit der Geschmeidigkeit, Präzision, Kraft und Klugheit meines Vorbildes antreten.

Vielleicht habe ich ja schon jetzt, wo ich mich im Körper meines Vorbildes befinde und unmittelbar lerne, mir dies alles angeeignet.

So, ich habe eine wichtige Lektion gelernt und einen mächtigen Fortschritt gemacht. Ich trete jetzt wieder einen Schritt zurück, aus dem Körper meines Vorbildes heraus.

Vielleicht möchte ich mich ja zum Abschluss meines Trainings – eines besonderen hypnotischen Trainings – noch von meinem Vorbild verabschieden und ihm für seine Hilfe danken.«

Je nachdem, welche Sportart ausgeübt wird, kann man sich auch im Tierreich nach Vorbildern umsehen. So kann einem Bogenschützen der scharfe Blick eines Adlers im Anflug auf seine Beute von großem Nutzen sein. Ein Weitspringer könnte mit der Dynamik, Kraft und Eleganz eines Panthers springen.

Je häufiger und präziser ein Bewegungsablauf mental eingeübt wird, desto sicherer wird sich der Sportler fühlen und desto exakter wird die Vorstellung von einem optimalen Wettkampf werden. Alles Grundvoraussetzungen, um eine Spitzenleistung zu vollbringen.

Entschlusskraft, Durchhaltevermögen, Konzentrationsfähigkeit und Selbstbeherrschung sind in vielen Sportarten wichtige Charaktereigenschaften. Mit Selbsthypnose kann der Sportler entscheidend auf diese Faktoren Einfluss nehmen.

So genannte psychoregulative Maßnahmen zielen dann auch auf mehrere Bereiche ab.
Einer ist die Antriebsregulation. Jeder, der schon einmal Leistungssport betrieben hat wird das kennen: es steht eine Trainingseinheit Ausdauerlauf an, der Himmel draußen ist grau in grau und der Regen prasselt auf die Erde wie der Sprühstrahl aus Nachbars Hochdruckreiniger auf die Garageneinfahrt am Samstagmorgen um halb acht. Da hält sich oft die Euphorie am Sport in Grenzen.

Nicht nur für den Abruf von Spitzenleistungen ist eine gehörige Portion Motivation notwendig, auch der 15jährige Vorstadt-Meat-Loaf, der um seiner Leberfettwerte willen dringend 30 kg abnehmen müsste hat ähnliche Schwierigkeiten. Wie das bereits im vorherigen Kapitel beschrieben wurde, ist auch hier eine konsequente Zielorientierung notwendig. Ein plastisches Bild von einem großen Erfolg, unter Einbeziehung möglichst vieler Sinneskanäle, stellt die unbewusste Bereitschaft zur Erbringung deutlich höherer Leistungen bereit.

Häufig kann man Sportler dabei beobachten, wie sie Selbstgespräche führen. Das ist eine Form der Selbstmotivation, sich immer wieder positive Suggestionen vorzusagen. Effektiver freilich ist diese Technik, in Selbsthypnose angewandt. Man könnte sich z.B. mit der Methode aus Kasten II/XIII unbemerkt in Hypnose versetzen, um dann auch in kritischen Situationen, im Wettkampf, auf diese Fähigkeiten zurückgreifen zu können. Es lohnt durchaus, sich neben der körperlichen, auch auf psychischer Ebene systematisch zu trainieren, denn oftmals sind es gerade Blockaden im Kopf, die eine Top-Leistung unterbinden.

Während eines Wettkampfes steht ein Sportler erheblich unter psychischem Druck. Nicht jeder kann da cool bleiben wie Rocky Balboa beim Kampf um die Schwergewichtsmeisterschaften der internationalen Pharmaindustrie.

Hier helfen Rationalisierungstechniken wie: »Eine verlorene Schlacht ist noch kein verlorener Krieg«

(Alle Pazifisten mögen mir diesen, zugegeben recht militanten Aphorismus verzeihen), »Die Anderen kochen auch nur mit Wasser« oder »Rom ist auch nicht an einem Tag erbaut worden«, um den psychischen Druck zu verringern.

Eine gute Möglichkeit, sich auf den Abruf einer optimalen Leistung vorzubereiten, ist eine innere Ja-Haltung einzunehmen. Nur die Sportler(Innen), die auch an ihre eigenen Fähigkeiten glauben, werden Spitzenleistungen erzielen können.

Kasten II/XVIII: »Ja«-Haltung

Setzen Sie sich locker auf einen Stuhl. Stellen Sie die Beine parallel nebeneinander und lassen Sie Ihre Schultern entspannt nach unten baumeln. Atmen Sie dann tief ein. Dabei richtet sich Ihr Oberkörper wieder etwas auf. Beim anschließenden Ausatmen sprechen Sie ein deutliches »Ja«. Ziehen Sie dabei das »A« beim Ausatmen in die Länge, sodass das »Jaaaa« mit einem Seufzer der Erleichterung einher geht, also ein »Jaaaa«, das man spricht, wenn einem ein richtiger Stein vom Herzen fällt. Wiederholen sie dies drei Mal.
Erstellen Sie sich am besten ein Skript, das positive Suggestionen für Ihre Sportart enthält, auf die Sie dann mit einem »Jaaaa« der Erleichterung, Freude oder Motivation antworten. Nachfolgendes Skript ist exemplarisch für die Sportart Rennrodeln (Was anderes kann ich halt nicht...):

»Ich steige gelassen die Treppen zum Startpodest hinauf.« ... »Jaaaa«
»Ich bin hochkonzentriert und gelassen.« ... »Jaaaa«
»...mit jedem Ausatmen mehr.« ... »Jaaaa«
»...eine tiefe Ruhe erfüllt mich.« ... »Jaaaa«

»Mein Unterbewusstsein hat einen Plan für einen perfekten Lauf.«	... »Jaaaa«
»...den ich jetzt abrufen werde.«	... »Jaaaa«
»Denn ich weiß: Ich schaffe es!«	... »Jaaaa«
»...ich habe die nötige Konzentration!«	... »Jaaaa«
»...und die Fähigkeiten!«	... »Jaaaa«
»Mein Körper kennt die optimalen Bewegungen für einen perfekten Start!«	... »Jaaaa«
»Ich spüre die aufkeimende Freude, dass ich einen optimalen Lauf fahren werde.«	... »Jaaaa«
...usw.	

Die körperliche Fitness alleine ist nicht entscheidend, um seine gesamten Energiereserven zum Wettkampfzeitpunkt abrufen zu können. Trotz gutem Trainingsstand findet so mancher Sportler nicht zu seiner Leistungsfähigkeit. Die besten Laktatwerte können dann nicht darüber hinweg täuschen, dass man sich »ausgebrannt« fühlt und nicht »aufraffen« kann. An anderen Tagen wiederum könnte man »Bäume ausreißen« obwohl die Laktatkurve einen Trainingsrückstand diagnostiziert. Man könnte also durchaus davon sprechen, dass es eine Art psychischer Energie gibt, die für die Leistungsfähigkeit mindestens genauso wichtig ist, wie das physische Pendant.

Ängstlichkeit, Nachdenklichkeit bis hin zum Grübeln wirken mehr noch als sich nur geistig negativ aus, sie verringern ebenso die körperliche Energie. Ein Skispringer, der unter ständigem Druck steht, endlich einmal wieder ein gutes Wettkampfresultat zu erbringen, kann sich nur schwer von dieser Last befreien. Jedes Mal, wenn er wieder einen Sprung verpatzt, orientiert er sich an dieser schlechten Leistung. Das passiert unwillkürlich. Und hinfort wirkt sie als negative Suggestion im Sportler weiter.

Progressive Muskelentspannung, autogenes Training, Fantasiereisen und Entspannungstraining seien ja schön und gut, um sich auf den Wettkampf von Sportarten vorzubereiten, die eine erhöhte Konzentration und Ruhe benötigen, wie z.B. beim Rennrodeln, Langstreckenlauf oder Skispringen. In Sportarten, in denen es aber auf die Mobilisation von Kraftreserven und die Aktivierung von Adrenalin ankomme, könne die Hypnose nichts nützen.
Diese landläufige Meinung von Trainern und Sportärzten bekomme ich leider häufig zu hören. Es handelt sich jedoch um nichts weiter, als ein Vorurteil. Es ist ein Trugschluss, zu meinen, Hypnose ziele immer darauf ab, zu entspannen, zur Ruhe zu kommen, die Körperspannung zu senken und den allgemeinen Aktivierungsgrad herab zu setzen.

Jeder, der schon einmal eine Traumatherapie verfolgt hat, wird vom Gegenteil berichten können. In diesem therapeutischen Umfeld gibt es eine andere Zielsetzung: das Annähern an kritische Inhalte, gerade mit der Beteiligung von Gefühlen, um solche Traumata nicht länger im verborgenen eine Eigendynamik entwickeln zu lassen.

Unter Hypnose nutzt man dabei natürlich die Regulationsfähigkeit von Gefühlen, um Belastendes sicher verarbeiten zu können. Ein traumatisiertes Unfallopfer wird z.B. in Trance aus einer sicheren Position heraus an die auslösende Situation heran geführt. Natürlicherweise wird sich sein Pulsschlag dabei erhöhen und Adrenalin ausgeschüttet werden. Da er sich aber in Trance befindet, kann der Therapeut schützend eingreifen und diese Erregung auf ein erträgliches Maß begrenzen.

Bei Sportarten, die eine solche Aktivierung erfordern (Ringen, Judo, Kurzstreckenlauf, etc.) kann man sich diese hypnotische Regulationsfähigkeit von Gefühlen nutzbar machen. Im nachfolgenden Kasten finden Sie dazu ein Beispiel. Man kann dieses auch mit der Übung aus Kasten II/XVIII »Ja«-Haltung kombinieren, die ebenfalls eine Aktivierung der physischen Kräfte bewirkt:

Kasten II/XIX: Aktivierung

»Mein Wettkampf steht nun unmittelbar bevor. Ich bin gut austrainiert. Ich habe alle Fähigkeiten, die ich dazu benötige, zu gewinnen. In meinem Körper werden verschiedene Stoffe ausgeschüttet, die ich brauche, damit ich meine Kraft und Energie ganz nutzen kann. Meine Muskeln brauchen die Anspannung, um optimal auf den Wettkampf vorbereitet zu sein. Mein Körper braucht auch Adrenalin, um in gute Aufregung versetzt zu werden. Aufregung, die notwendig ist, um meine ganze Kraft und mein ganzes Wissen abzurufen.

Ich bestehe aus vielen Teilen, mein Körper ist ein Teil, ein sehr wichtiger Teil sogar. Ich werde jetzt meinen Körper darauf vorbereiten, eine optimale Leistung abzurufen, während ein anderer Teil von mir ruhig und aufmerksam für die wirklich wichtigen Dinge bleibt.

Da gibt es einen Regler, so einer wie der Lautstärkeregler am Radio, mit dem ich jetzt das Adrenalin in meinem Körper regulieren kann. Da gibt es auch eine Skala neben dem Regler, mit einer farbigen Unterteilung. Ganz unten ist ein hellgrüner Bereich. Dort steht der Regler im Alltag. Weiter oben geht er mehr und mehr in ein sattes Grün, bis hin zum Dunkelgrün über. Das ist der Bereich, auf dem der Regler beim Training steht. Noch weiter oben beginnt der rote Bereich, der sich bis hinauf ins dunkelrote steigert. Dort im Dunkelroten ist dieser Regler ganz selten, nur dann, wenn ich wirklich in Lebensgefahr bin. Heute stelle ich den Regler auf einen Wert im hellroten Bereich. Da wird ausreichend Adrenalin ausgeschüttet, damit ich eine optimale Leistung erbringen kann.

Und ich spüre diese gesunde, gute Aktivierung in mir zunehmen. Ich weiß, dass ich es schaffe.
...
Und nach dem Wettkampf stellt sich der Regler ganz automatisch wieder auf einen Bereich, der gut ist, um zu regenerieren, ausreichend hoch für den Alltag.

Auch Sportler(Innen) bleiben jedoch nicht immer von psychischen Leiden verschont. Manchmal reicht eben ein gutes Coaching oder Selbsthypnose nicht mehr aus, um eine tief sitzende Blockade oder einen Konflikt zu lösen. Wer mit solchen Dingen zu kämpfen hat, dessen Interesse am Sport wird sich verständlicher Weise in Grenzen halten. Therapeutische Hilfe kann dann ein guter Weg sein, aus diesem Loch heraus zu finden.

Schon so mancher pubertierender Skispringer trat eine Saison lang als Überflieger hervor, um dann sang- und klanglos wieder in der Versenkung zu verschwinden. Als Zuschauer mag man oft gar nicht mehr hinsehen, wenn wieder so ein Delinquent 30 Meter hinter der Konkurrenz landet. Im Interview gibt er dann zutiefst deprimiert bekannt, dass er gar nicht recht wisse, weshalb er nicht zu seiner Form finde.

Der Mensch ist eben keine programmierbare Maschine, die nur genug Training braucht, um dann wie der sprichwörtliche Dukatenscheißer mit vorhersehbarer Wiederholbarkeit Gold- um Goldmedaille produziert. Wenn man einen Jugendlichen sechs Mal wöchentlich, 52 Wochen im

Jahr trainieren lässt, dann setzt sich das Unterbewusstsein irgendwann mit Recht zur Wehr.
Bei allem psychischen Training sollte man also immer seine natürliche Bestimmung im Auge behalten.

Jetzt möchte ich noch für alle Sportfunktionäre und Trainer eine provokante These aufstellen: Manchmal führt weniger Training, öfters in die Disco gehen, mehr saufen und querulatorisch sein zu größeren Leistungen. Allein das Maß ist entscheidend.

...ERSTER

2.4.4 Selbsthypnose in der Geburtsvorbereitung

In hunderten von Geburtsvorbereitungskursen werden fleißig um die Wette I's, U's und O's geatmet, um der werdenden Mutter ein Instrument zur Kontrolle ihrer Schmerzen an die Hand zu geben. Tatsächlich lässt sich auch durch das bewusste Atmen eine Art Trance erzeugen, die eine Wehe dann auch erträglicher macht.

Vielleicht liegt es daran, dass ich ein Mann bin, weshalb ich mir die Frage stelle, warum gezielte Entspannungstechniken so ein Schattendasein in der modernen Geburtsvorbereitung führen. Generationen von Hebammen bringen Schwangeren das Hecheln und Stöhnen par excellence bei. Das ist jedoch nur eine Entspannungsmethode, wenn auch eine sehr effiziente, unter vielen. Jede Schwangere hat besondere Vorlieben, Vorerfahrungen und ganz individuelle Fähigkeiten. Weshalb ihnen die Möglichkeiten all der anderen Verfahren vorenthalten?

In der Zwischenzeit beginnt ein vorsichtiges Umdenken, was sich an den vielfältigeren Angeboten für Schwangere abzeichnet, wie etwa Yoga-Kurse oder Kurse in autogenem Training. Die Selbsthypnose ist darunter leider immer noch eine ausgesprochene Exotin.

Wie notwendig solche Methoden zur psychischen Entlastung der werdenden Mutter sind, kann nur immer wieder betont werden. Viele sind durch die zahlreichen Informationen aus Fernsehen, Zeitschriften und Internet oder von Schreckensgeschichten über 48-Stunden-Marathon-Geburten äußerst verunsichert. Sie sind oft so besorgt, dass dies wie ein Damoklesschwert über dem eigentlich sehr erfreuliche Ereignis einer Geburt schwebt. Die Ärztinnen und Ärzte, in ihrer Pflicht zur Aufklärung, haben oft das Dilemma, einerseits keine Ängste zu schüren und andererseits sich rechtlich abzusichern. Manchmal drängt sich einem penetrant die Erkenntnis auf, dass der Mensch in seiner Natur, bei all dem technischen Fortschritt, nicht nur auf der Strecke bleibt, sondern unter die Räder des Zuges, einer sich für allmächtig haltenden Medizin, kommt. Am Steuerpult der Lokomotive steht ein weißbekittelter Dr. Frankenstein, der sich so viel blindes Ergebensein kaum erträumen konnte.

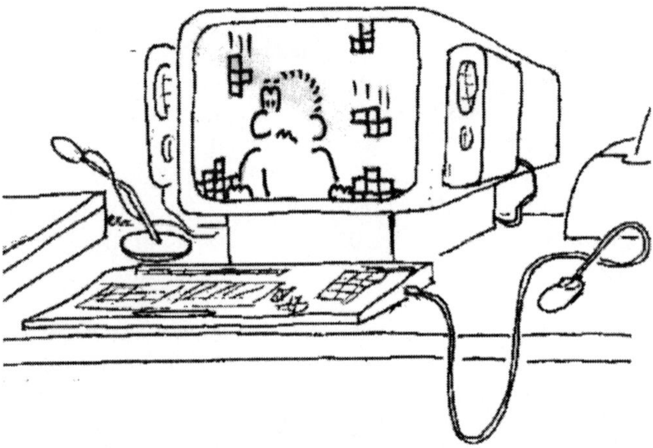

Die ersten Monate der Schwangerschaft meiner Frau waren soweit ganz gut verlaufen. Mich kostete es zwar einige Schweißperlen und Diskussionen, ihrem Nestbautrieb gerecht zu werden, ihr schien es dafür umso besser zu gehen.

Bei einer Vorsorgeuntersuchung machte ihr Frauenarzt den Vorschlag, sie solle doch von einem Kollegen eine sehr spezielle, hochauflösende Ultraschalluntersuchung machen lassen. Das sei das modernste, was in der Stadt in Sachen Pränataldiagnostik zu finden sei.

Diese gestochen scharfen Bilder meiner Tochter in 3D wollte ich mir natürlich nicht entgehen lassen.

Im Untersuchungsraum begrüßte uns ein »Paul-Schrader-Gewürze-Im-und-Export-Verschnitt« mit dynamischer Föhnfrisur und einem Akzent, wie er nur jenseits der mecklenburgischen Seenplatte zu finden ist. Er war so gut gelaunt, man hätte glauben können, er hätte einige Pillen Speed zuviel erwischt.

Meine Frau nahm auf dem Untersuchungsstuhl eines Ultraschallgerätes platz, das sich nahtlos in Dr. Crushers Krankenstation auf Raumschiff Enterprise einfügen hätte können. Jedem Homevideofan währen die Tränen in die Augen gestiegen, hätten sie einen Blick auf den 24" Plasmabildschirm, der an der gegenüberliegenden Wand thronte, geworfen.

Paul Schrader begann seine Untersuchung mit den Worten: »So lange ich so locker und gut gelaunt bin, müssen sie wissen, ist mit ihrem Kind alles in Ordnung. Nicht so wie vorhin, da hat einem Kind der halbe Kopf gefehlt!« Ich dachte mir noch, das vielleicht ein Semesterchen mehr, das sich mit dem Arzt-Patient-Verhältnis beschäftigt, unseren Medizinern nicht schaden könne, da verstummte Paul Schrader auch schon und diktierte seiner Assistentin irgend etwas von einem »VSD«.

Leider hatte ich doch einmal aufgepasst, während meiner Ausbildung, als es um angeborene Herzfehler ging, worunter auch ein Ventrikelseptumdefekt (VSD) zählt.

Auf meine Nachfrage meinte Paul Schrader nur, dass er sich das bei einer Zweituntersuchung nochmals genauer anschauen müsse, da die Stelle, an der man den Defekt sehen könne, gerade verdeckt sei. Super – als ich noch etwas mehr Leibesfülle besaß, konnte ich auch manchmal das nicht sehen, was sich normalerweise unterhalb meiner Gürtellinie befindet. Ich wäre deshalb nie auf die Idee gekommen, dass mich jemand kastriert haben könnte.

Der nächste freie Termin war dann sechs Wochen später. Wochen des Bangens, Hoffens und Paul Schrader Verfluchens.

Natürlich war dann alles in Ordnung. Bei einer Wahrscheinlichkeit von 0,2% hätte ich schon einige Male im Lotto gewinnen müssen, damit unser Kind tatsächlich von einem VSD betroffen gewesen wäre. 0,2 %, weshalb uns dieser Hitec möchtegern Dr. Crusher für sechs Wochen in Angst und Schrecken versetzte.

Nach dieser Erfahrung, kann ich Ihnen versichern, tat Entspannung, explizit Selbsthypnose not. Unsere Vorfahren waren noch weitgehend frei von den psychischen Peinigungen der modernen bildgebenden Diagnoseverfahren – was jetzt kein Plädoyer dafür sein soll, eine Beckenendlage mit einem Aderlass von einem dreiviertel Liter Blut zu behandeln. Über die erhöhten psychischen Anforderungen, die mit einer bevorstehenden Geburt einhergehen, waren sie sich jedoch bewusst.

Tatsächlich waren früher mehr die Gefühle, Ängste und Befürchtungen der Mutter im Mittelpunkt der Geburtsvorbereitung gestanden, als intensivmedizinische Überlegungen. Auch die Hypnose hat eine lange Tradition bei Entbindungen. So wurden im Zeitraum zwischen 1920 und 1930 fast überall in Europa Geburten unter Hypnose durchgeführt. In Russland war bereits gegen Ende des 19. Jhd. eine hypnotische Geburtsvorbereitung sehr populär.

Der Psychiater K. I. Platonov setzte dabei vor allem auf die hypnotische Analgesie, also eine Reduzierung des Schmerzempfindens. Er erkannte die immensen Vorteile gegenüber den damals üblichen Narkoseentbindungen und deren teilweise verheerenden Nebenwirkungen.

Nach dem zweiten Weltkrieg wurde das Interesse an hypnotischer Geburtsvorbereitung in Russland so stark, dass man in Kiew und Leningrad dafür sogar spezielle Zentren einrichtete, die so genannten »Hypnotarien«. Tausende von Frauen erfuhren damit den Segen einer natürlicheren Geburt. Die Mediziner konnten neben den Vorteilen einer hypnotischen Analgesie auch andere interessante Effekte beobachten. Die Geburtskomplikationen verringerten sich und selbst die Milchsekretion schien durch die Hypnose gefördert zu werden.

Natürlich muss man nicht extra erwähnen, dass ein Regime, wie das in der ehemaligen Sowjetunion unter Stalin, so eine Maßnahme nicht aus lauter Menschenfreundlichkeit durchführte. Handfeste propagandistische Kriterien waren wohl eher dafür ausschlaggebend. Stalin wollte die westliche Welt mit den Errungenschaften der Arbeiterklasse beeindrucken, was ihm in Fachkreisen durchaus gelungen ist.

Fernand Lamaze, ein französischer Arzt und Geburtshelfer, lernte bei einem Besuch in Russland diese Methode kennen, modifizierte sie und sorgte für ihre Verbreitung in Europa und den USA. Er erkannte auch die wichtige Funktion der Unterstützung des Partners während der Geburt.

Neben all den theoretischen Überlegungen, die Schwangere optimal auf eine Geburt vorzubereiten, sollte man nicht die Wirkung unterschätzen, die der gesunde Men-

schenverstand dabei erzielen kann. Seit vielen Jahren wenden einfühlsame Hebammen bereits erfolgreich positive Suggestionen bei der Entbindung an, ohne jemals ein Hypnoselehrbuch gelesen zu haben (da bestätigt sich wieder einmal die Tatsache, dass der Mensch eine natürliche Begabung zur Hypnose hat). Sie strahlen Sicherheit und Souveränität aus, die sich auf das Erleben der werdenden Mutter übertragen.
Eine Atmosphäre, in der man sich aufgehoben und behütet fühlt, wirkt um ein Vielfaches beruhigender als hektische Betriebsamkeit im Kreißsaal.

So manche Hebamme lässt die eine oder andere Geschichte, über eine erfolgreiche Geburt bei einer anderen Frau, los. Erickson würde sagen, sie benutzt eine Metaphernstrategie, um die Aufmerksamkeit zu fokussieren und die Erwartung in einen positiven Kontext zu stellen. Nun ja, der Laie würde es so formulieren: »Ich hatte eine total nette Hebamme!«

Heute gibt es bereits, wenn auch noch viel zu wenig, Angebote zur hypnotischen Geburtsvorbereitung. Manche tragen dabei so klangvolle Namen wie »Hypnoreflexogene Methode« oder »Hypnobirthing« und sind teilweise sogar als Markenzeichen eingetragen. Nun, dass ist so, als würden sich unsere emphatischen Hebammen ihren gesunden Menschenverstand patentieren lassen.

Solche Kurse dauern in der Regel zwischen vier und sechs Sitzungen, von ca. eineinhalb bis zwei Stunden. In den ersten Sitzungen geht es meistens dabei darum, Trance als Zustand kennen und nutzen zu lernen. Danach lernen die Teilnehmer, wie sie für sich am effektivsten eine Hypnose einleiten können. Die zweite Hälfte des Trainings beschäftigt sich dann vorrangig damit, Ziele, Suggestionen,

Geschichten und Vorstellungen, die in der Selbsthypnose verwendet werden, auf die Schwangere maßzuschneidern, um die Entbindung weitgehend so zu gestalten, wie ihr das entgegenkommt – und nicht dem Geburtshilfepersonal!

Wie weit verbreitet es immer noch ist, die Geburt eher als intensivmedizinischen Vorfall anzusehen, als einen natürlichen, äußerst erfreulichen Vorgang, soll der nachfolgende Bericht verdeutlichen. Das Traurige daran ist, dass er keinesfalls meiner blühenden Fantasie alleine entspringt. Jedes, der geschilderten Details wurden mir so von verschiedenen Frauen berichtet.

WO GEHT'S DENN HIER ZUM KREISSSAAL???

Nennen wir sie Manuela, die an einem Montag Morgen aufgeregt ihren Mann anruft, um ihn davon zu unterrichten, dass wohl ihre Fruchtblase gesprungen sei und es jetzt an der Zeit wäre, in die Klinik zu fahren, um sich auf die Entbindung vorzubereiten. Beide haben sich sehr engagiert in den letzten Monaten darum bemüht, dieses große Ereignis ihren Bedürfnissen entsprechend zu planen.

Kurze Zeit später werden sie von einer polnischen Hebamme mit Dreitagebart in Empfang genommen. »Müssma a bisserle an Einlauf machen« kommentiert sie in polnisch-fränkischem Akzent.

Einige Augenblicke später liegt Manuela bereits im Kreißsaal. Unterdessen war vermutlich Schichtwechsel im Krankenhaus, da sich eine neue Hebamme vorstellt, ebenfalls in osteuropäischem Akzent. Manuela hat jetzt anderes zu tun, als sich über die Herkunft ihrer Hebammen Gedanken zu machen: »Ich bin umgeben von Lügnern! Behaupten, man könne ganz entspannt in die Klinik gehen, um freudig die Geburt zu erwarten.« Tatsächlich steigt der Pegel der verschiedensten Ängste minütlich. Ungefragt hat ihr Ludmilla, die zwei Zentner Walküre unter den Hebammen, eine Antibiotikainfusion angelegt und eh sie sich versieht, folgt ein Liter bester Glukoselösung. Nachdem der gemeine Europäer unter chronischer Unterernährung leidet ist es natürlich sinnvoll, dem Organismus etwas Kalorien zuzuführen.

So rundum versorgt, darf Manuela jetzt endlich der Geburt ihres ersten Kindes freudig entgegen sehen. Zu früh gefreut, denn da naht auch schon wieder Ludmilla, die mit schraubstockähnlichem Griff die Weite des Muttermundes testet: »Iss noch a bisserle derb!«

Aus dem Nachbarzimmer sind unterdessen klägliche Laute vernehmbar. Offensichtlich findet parallel noch eine Geburt statt. Jetzt kommt auch Ludmilla etwas ins Schwitzen, die fortan durch Abwesenheit glänzt, was Manuela in ihrem tiefsten Inneren nicht recht bedauert. Das Schreien im Nebenzimmer wird mit jedem Mal, dass der Minutenzeiger der Bahnhofsuhr, die an der Wand gegenüber Manuelas Bett gnadenlos tickt, lauter.

Aber auch ihre Wehen werden jetzt immer heftiger. Ludmilla hatte angekündigt, jede Stunde einmal vorbei zu schauen, um ihren Schraubstockgriff, augrund dessen sie bestimmt westlich und östlich des Urals berüchtigt ist, anzuwenden. Die für den kleinen Raum eigentlich viel zu große Uhr an der Wand bewegt ihre Zeiger unaufhaltsam diesem Zeitpunkt entgegen.
Und da kommt sie auch schon: »Werklich nix gegen de Schmerzen? Iss a gut wegen de derbe Muttermund« Nachdem sie diesen Satz jetzt schon zum vierten Mal wiederholte, gab Manuela nach. Schon vor der Beruhigungsmittelspritze wäre sie von der Nationalen-Anti-Doping-Kommision für die nächsten 15 Winterspiele gesperrt worden, wäre sie denn Skilangläuferin.

Ludmilla kam die drei darauf folgenden Stunden mit der Pünktlichkeit eines altgedienten deutschen Lohnbuchhalters. Die übrige Zeit verbrachte Manuela mit ihrem Mann in trauter Zweisamkeit. Dieser schien reichlich desorientiert und mit der Situation ziemlich überfordert zu sein. Ab und an bat er ihr ein paar homöopathische Kügelchen an, weniger um ihre Leiden zu mindern, als um sich nicht völlig nutzlos vorzukommen.

Jetzt, wo die letzte halbe Stunde ihre Wehen immer drängender wurden und in immer kürzeren Abständen auftra-

ten, schien der große Showdown eingeläutet worden zu sein. Plötzlich füllt sich der Kreißsaal mit allerlei eigentümlichen Gestalten. Ludmilla bindet sich hektisch einen Mundschutz um, als bereite sie die Wurzelbehandlung eines Backenzahnes vor. Eine Ärztin fragt sie darauf hin, ob dass wohl jetzt so gemacht werde und Manuela malt sich für einen Bruchteil einer Sekunde aus, was für eine ansteckende Krankheit diese Hebamme wohl hat? Vielleicht die Vogelgrippe, die sie sich durch ein Stück verseuchtes Fleisch, das sie als Urlaubsmitbringsel von ihrem Stiefmütterchen bekam, einfing. »Egal! Weiteratmen, im Rhythmus. Wie war das doch noch Mal, was habe ich denn damals stundenlang im Geburtsvorbereitungskurs geübt? War das jetzt ein ›O‹ atmen oder doch ein ›A‹?«

Eine verschüchterte Lernschwester drückt sich neugierig um den gynäkologischen Stuhl. In ihrem Bemühen ja nicht aufzufallen, besitzt sie das Talent, garantiert jedem im Raum mindestens zweimal im Weg zu stehen.

Ehe sich Manuela versieht, hechtet sich Ludmilla auf ihren Bauch und im gleichen Moment hören ihre Ohren ein Geräusch, als würde ein frisches Brathähnchen aufgeschnitten werden. Und da ist es! Ihr erstes Baby!

Ob das Kind jetzt aufgrund der Geburtsstrapazen noch etwas benommen ist, oder ob es der Anblick der maskierten zwei Zentner Walküre ist, wird es uns wohl nie sagen können. Der zweite Anblick in seinem Leben wird nicht weniger traumatisch werden: Schwungvoll schiebt die Ärztin diesem winzigen Kind einen Schlauch bis zum Anschlag in die Luftröhre und mit einem Zischen entweichen einige Tröpfchen, die vom Fruchtwasser in den kleinen Bronchien hängen geblieben sind. Eine weitere endlose viertel Stunde wird der Dammschnitt mit einigen groben

Stichen vernäht. Erst jetzt darf Manuela ihr heiß ersehntes Baby in die Arme schließen. Sie fühlt sich überglücklich, der schönste Moment in ihrem Leben. Sie drückt ihr Kind ganz behutsam an ihre Brust, um es in dieser Welt willkommen zu heißen. In den nächsten 20 Minuten kostet sie dieses Gefühl vollkommen aus. Danach wird ihr Baby in das Neugeborenenzimmer gebracht und darf sich von seinen Strapazen erholen.

In dieser Nacht wird es als neuer Erdenbürger dann auch gleich Bekanntschaft mit den Errungenschaften der modernen Konsumgesellschaft machen. Nachdem es sich an einem Zuckertee eines bekannten Markenherstellers für Babynahrung laben durfte, lernt es die Vorzüge von Papierwindeln kennen, deren Platzbedarf in der Mülltonne bald schon den Hass der Hausmitbewohner auf Manuela ziehen wird, aber darüber macht sie sich jetzt noch keine Gedanken. Manuela sinkt in einen unruhigen Schlaf, der nur vom Rotzschlürfen ihrer Zimmernachbarin, deren Ausdünstungen Ihre Vorlieben für Frittiertes nur schwer verbergen können, hin und wieder unterbrochen wird.

Diese Geschichte einer völlig normalen Geburt, wiederholt sich tagtäglich hunderte Male in unserem Land. Man fragt sich, wie die Menschheit überhaupt so lange existieren konnte, ohne die Segnungen der modernen Medizin.

Da der aufgeklärte Mensch heute keinem Verfahren zu trauen scheint, das seine Wirksamkeit nicht in zahlreichen Doppelblindstudien bewiesen hat, möchte ich, die durch die Forschung gesicherten Effekte der hypnotischen Geburtsvorbereitung hier nicht unerwähnt lassen. Bereits die frühen Hypnosepioniere, der französische Landarzt Auguste Ambroise Liébeault (1823-1904) und der Universitätsprofessor Hippolyte Bernheim (1840-1919) beeinflussten den Milchfluss und die Milchmenge von Müttern, in der Zeit nach der Entbindung.

Untersuchungen belegen, dass die Geburten unter Hypnose insgesamt kürzer sind (Gross & Posner, 1963), dass die so genannten Apgar-Werte, ein Diagnosesystem zur Beurteilung von Atmung, Puls, Grundtonus, Aussehen und Reflexe, höher sind und die Geburten spontaner verlaufen (Harmon, Hynan & Tyre, 1990).

Vorteile der hypnotischen Geburtsvorbereitung:

- kürzere Geburtsdauer
- schnellere Erholung von Mutter und Kind
- bewusstes Geburtserlebnis
- Verminderung von Angst
- Verminderung von Schmerzen
- geringerer Medikamentenbedarf
- Kontrolle der Gebärmutterkontraktionen
- Partner kann unterstützen
- schneller Eingriff bei Notfällen möglich
- gute Kooperation mit den GeburtshelferInnen
- geringer Aufwand beim Erlernen
- keine Nebenwirkungen
- u.v.a.m.

Natürlich beschränken sich die Effekte nicht nur auf den Vorgang der Geburt alleine. Auch die psychisch oft besonders anspruchsvolle Zeit des Wochenbettes profitiert vom Selbsthypnosetraining. So wiesen hochsuggestible Frauen z.B. geringere Depressionswerte nach der Geburt auf (Harmon, Hynan & Tyre, 1990).

Den natürlichen Hormonabfall, einige Tage nach der Entbindung, kann und soll die Hypnose nicht verhindern. In-

sofern ist es normal, wenn sich eine Mutter im Wochenbett anders fühlt als sonst. Diese Gefühle existieren mit Recht. Das Wochenbett ist die Zeit, in der sich Mutter, Vater und Kind kennen, schätzen und lieben lernen sollten. Die Zeit, in der sich Mutter und Kind von den Geburtsstrapazen erholen.
Ein Marathonläufer würde, nachdem er den Berlinmarathon unter 2:05 h gelaufen ist, am Tag darauf nicht erneut 42km rennen. Viele legen sich mit ihren zu großen Ansprüchen an ihr Leistungsniveau, unüberwindbare Fallstricke aus. Eine Orientierung am gesellschaftlichen Ideal der Karrierefrau, die mal eben im Sommerurlaub Mutter wird, ist im wahrsten Sinne des Wortes eine Erbsünde, die man am eigenen Leib zuerst büßen muss (ich hoffe, diese Meinung stilisiert mich nicht zum männlichen Pendant von Eva Herrman...).

Es ist keine ausgesprochene Paradedisziplin der hypnotischen Geburtsvorbereitung, sich bereits während der Schwangerschaft mit den Tagen nach der Geburt auseinander zu setzen.
Das tun gute Vorbereitungskurse ohnehin. Selbsthypnose hilft jedoch ungemein dabei, ein positives Bild vom eigenen Muttersein zu entwickeln.
An was sollte sich ein Unterbewusstsein denn sonst orientieren, wenn es nach Strategien sucht, jemand auf einen neuen Lebensabschnitt vorzubereiten? Sie könnten ähnlich, wie es im Kapitel 2.4.2, Selbsthypnose in der Schule und im Beruf, beschrieben wurde, sich die Zeit nach Ihrer Entbindung bereits während der Schwangerschaft vorstellen, wie Sie mit Ihrem Kind die Zeit in trauter Zweisamkeit verbringen, wie Sie Bekannte und/oder Ihren Partner bitten könnten, Ihnen so manch lästige Alltagsarbeit abzunehmen usw.

Ein wichtiger Teil des Trainings der Schwangeren beschäftigt sich damit, die Wehenschmerzen zu verringern.

Grundsätzlich wohnt jedem Schmerz ein gehöriger Anteil an Subjektivität bei. Jeder Mensch empfindet ihn anders. Es gibt nicht den Schmerz! Jeder hat einen Onkel Otto in der Familie, der einen Finger an der Kreissäge verlor. Kurz danach stand er in der Notaufnahme der Handchirurgie mit einer Plastiktüte unter dem Arm, in der der klägliche Rest seines Fingers baumelte. Die Gleichgültigkeit in seinem Gesichtsausdruck hätte ihn auch auf dem Foto einer Silberhochzeitsfeier gut aussehen lassen.

Scheinbar empfand Onkel Otto nur geringe Schmerzen. Die Beschreibung eines Gegenbeispiels, bei dem ich mir in den Finger geschnitten habe, möchte ich Ihnen an dieser Stelle ersparen. Nur soviel: ein startendes Flugzeug der Berlin-Air am Nürnberger Flughafen habe ich um einige dB übertönt.

Wenn also Person A einen Schmerz relativ leicht erträgt, während Person B dabei an die Decke zu gehen scheint, dann muss es eine erhebliche psychische Komponente hierbei geben. Wenn es denn eine psychische Komponente dabei gibt, muss man diese auch mit den eigenen geistigen Mitteln beeinflussen können.

Leider ist bereits unsere Sprache über und über mit negativen Suggestionen zur Geburt durchsetzt. Das Wort »Wehe« impliziert ja geradezu Schmerzen. Die eine oder andere Geschichte einer »lieben« Freundin über eine 48 Stunden-Monster-Geburt trägt ihr übriges zur negativen Einstimmung auf einen der schönsten Momente im Leben bei. Die Skilangläuferin, die sich auf ihren Wettbewerb mit der Suggestion: »brennende Muskelschmerzen werden mich zum Erfolg bringen« vorbereitet, würde man zu Recht fragen, ob sie noch alle sprichwörtlichen Tassen im Oberstübchen zusammen hat. Schwangeren muten wir tagtäglich diese Suggestionen zu.

Sprachlich geschickter wäre es, anstatt von einer Wehe, von einer Muskelkontraktion, für die Intellektuellen unter Ihnen, oder von einer Welle zu sprechen.

Zugegeben, tue auch ich mir etwas schwer mit Wortkonstruktionen wie »Geburtsgefühle« oder den dann doch sehr fachchinesisch klingenden »Uteruskontraktionen«. Seien Sie deshalb bitte etwas nachsichtig mit mir, wenn ich hin und wieder meinen eigenen Anspruch an die Terminologie unterwandere.

Zur Kontrolle der Muskelarbeit der Gebärmutter werden hypnotische Techniken zur Schmerzverringerung sehr erfolgreich eingesetzt. Es empfiehlt sich, solche Methoden in einem Vorbereitungskurs zu erlernen. Dort wird man von einer Fachfrau oder einem Fachmann auf der Suche nach einem individuell auf die eigenen Bedürfnisse zugeschnittenen Instrument zur Schmerzkontrolle unterstützt.

Man kann sich mit anderen über seine Erfahrungen beim Üben austauschen und erlangt so umso mehr Vertrauen in das Verfahren.

Wie der Name es schon erahnen lässt, kann man Schmerzreduktionstechniken auch dazu einsetzen, jeden anderen Schmerz bedeutend zu verringern oder gar auszuschalten. Dies ist jedoch nicht immer sinnvoll – im Gegenteil! Schmerz ist eine sehr nützliche Warneinrichtung unseres Körpers, der anzeigt, dass irgendetwas nicht so glatt läuft, wie es denn körperlich oder auch psychisch laufen sollte. Da verschafft sich ein zunächst unbewusstes Symptom auf sehr bewusster Ebene Gehör, mit dem Ziel, uns vor Schlimmeren zu bewahren.

Nachfolgend stelle ich Ihnen einige Techniken zur Schmerzreduktion vor, die für die Geburtsvorbereitung etwas modifiziert wurden. Setzen sie sie keinesfalls dazu ein, einen Schmerz, der nicht zuvor ärztlich abgeklärt wurde, zu unterdrücken.

Im Kasten II/XX stelle ich Ihnen eine Variante der in der Hypnose weit verbreiteten Handschuhanästhesie vor. Ein klangvoller Name, der sich einen recht interessanten Effekt zunutze macht:

Kasten II/XX: Handschuhanästhesie

Vielleicht kennst Du ja diese herrlich klaren und kühlen Alpenbäche. Von einer Wanderung im Urlaub vielleicht, aus einem Roman oder Film. Wer kennt nicht die Abenteuer von Heidi, die mit ihrem Freund, dem Ziegenpeter allerhand erlebt in den Bergen. Die klare Luft, die man tief einatmen kann. Der Blick, der ungestört hunderte Kilometer weit reicht.

Da ist ein Gebirgsbach! Schau mal hin! Das kristallklare, eiskalte Wasser fließt sprudelnd und munter den Berg hinab. Krempel doch einmal Deinen Ärmel hoch und strecke Deinen rechten Arm hinein, um zu spüren, wie eiskalt dieses Wasser ist! Eiskalt und frisch!

Fühlen, wie dieses Wasser die Haut des Handrückens berührt, wie es durch die Finger strömt. Zunächst wird die Oberfläche der Haut ganz kalt und unempfindlich. Danach dringt die Kühle tiefer. Das eiskalte Wasser umspült die Hand, die immer tauber wird dadurch. Kalt und taub, ähnlich wie die Wange, die nach einer Betäubungsspritze beim Zahnarzt auch ganz taub und kalt wird.

Und vielleicht schaust Du auch einmal auf die schneebedeckten Gipfel der Berge gegenüber. Wie die Kristalle blitzen und glitzern. Mit jedem Atemzug saugst Du diese klare Luft in Dich hinein, die Dich von innen heraus erfrischt.

Da, neben dem Gebirgsbach lädt eine saftig grüne Bergwiese ein, etwas zu verweilen. Welch herrliche Blumen dort blühen! Lass Dich doch einfach von der Sonne dazu verführen, Dich in dieses wunderbar weiche Gras zu legen, um etwas vor Dich hin zu dösen. Deine vollkommen taube, tiefkühle Hand streicht dabei über Deinen Unterbauch.
Voller Überraschung stellst Du fest, dass sich die Taubheit darauf übertragen hat. Ein etwas seltsames, aber doch angenehmes Gefühl. Du spürst die Kühle und Taubheit mehr und mehr in Deinem Unterleib, wie Sie sich ausbreitet, wie die Muskeln dadurch locker werden. Vielleicht ist da noch ein dumpfes Ziehen zu spüren, als ob du mit der Hand über die betäubte Wange nach einem Zahnarztbesuch streichst.

Und immer siehst Du auch diese wunderschönen, schneebedeckten Berggipfel, die so glitzernd im Sonnenlicht blitzen. Herrlich zu wissen, dass ein Teil des Körpers ganz kühl und taub ist, während der Rest angenehm warm ist. Herrlich zu wissen, dass der Körper entspannt und ausruht, während der Geist über den Dingen wacht – weite Sicht hat.

Diese Kühle, die jetzt von der Hand aus in den Unterleib eindringt, alles angenehm lockert, darf sich mehr und mehr ausbreiten. Alle Muskeln können so ungestört arbeiten, mit der Kraft, die jetzt notwendig ist. Und immer ist dabei diese Kühle und Taubheit zu spüren, wie ein angenehm kühler Fluss.

Ein tiefblauer Fluss, der sein Eiswasser in jeden Winkel, wo es gebraucht wird, hineinströmen lässt. Und Du kannst diesen Fluss jetzt so intensiv strömen lassen, wie Du es brauchst. An die Stellen, an denen Du es brauchst, so, dass es richtig für Dich ist. So lange, wie es richtig für Dich ist. So lange, wie es Dein Körper braucht.

Wie sich eine Hand, die vom Eiswasser umspült wurde, in der Sonne langsam wieder erwärmt und das Gefühl darin mehr und mehr zurück kommt, werden sich auch Deine Körperempfindungen nach und nach langsam wieder normalisieren, wenn die Zeit dafür ist. Dein Körper weiß sehr genau, was gut für Dich ist, so werden sich alle Funktionen und Empfindungen wieder so einstellen, dass es gut für Deinen Alltag ist.

Manche mögen es aber auch etwas technischer, zumal das Bild von einer elektrischen Schalttafel recht gut in das Allgemeingut des Mitteleuropäers integriert ist. Diese Methode ist ebenfalls weit verbreitet in der Hypnotherapie und hervorragend geeignet, die Muskelkontraktionen der Gebärmutter zu kontrollieren:

Kasten II/XXI: Schalttafel

Sicher kennst Du solche elektrischen Schalttafeln. Da sind viele Schalter daran, über denen sich kleine Lämpchen befinden, die Anzeigen, dass da irgendwo etwas eingeschaltet ist. Moderne Schalttafeln haben dazu ein tolles Visualisierungssystem, an dem man genau beobachten kann, wo in der Anlage was passiert. Aus dieser Schalttafel führen eine Unmenge an Kabeln in die verschiedensten Richtungen dieser Anlage. Manche führen zu Sensoren, die die Umgebung überwachen, manche zu Motoren und andere wiederum zu Ventilen die laut zischen, wenn sie eingeschaltet werden.

In Deinem Kopf befindet sich auch eine Schaltzentrale. Die steuert viele Funktionen. Eine so große Anlage wie Dein Körper, hat auch eine ansehnliche Schaltzentrale – bestimmt so, wie in großen Kraftwerken. Da gibt es Schalter, Regler und Lämpchen. Über jedem Regler, der eine Skala von 1-10 hat, wobei 1 ganz wenig Energie und 10 das Maximum an Energie darstellt, befindet sich ein Lämpchen, das rot Leuchtet. Diese Einheit regelt die Schmerzempfindung. Für jeden Körperteil gibt es eine solche Einheit.

Nun, vielleicht probierst Du einfach einmal die Steuerung für Deine linke Hand aus? Der Regler steht momentan noch auf 10, was für die maximale Empfindung steht, die Deine Schmerzsensoren zurück senden. Das Lämpchen über dem Schalter, der auf 1 steht, leuchtet in einem satten rot. Stell doch diesen Regler einmal langsam auf 5 herunter und verfolge dabei, wie das Lämpchen langsam dunkler wird. Kannst Du auch die zunehmende Taubheit in Deiner linken Hand spüren? Kühle und Taubheit, die sich langsam ausbreiten und intensiver werden, als ob da eine Betäubungsspritze zu wirken beginnt?

Wenn Du möchtest, dann kneife Dich doch einmal in Deinen linken Handrücken. Fühlt sich dass nicht schon viel tauber an. Manche Menschen verspüren in diesem Moment auch immer ein Kribbeln, als ob da die Hand beginnt einzuschlafen, dass sich ausbreitet.
Stell den Regler noch weiter zurück, auf 1. Die Taubheit ist jetzt schon fast vollkommen. Als ob die Hand irgendwie ein Eigenleben führen würde. Losgelöst vom Rest des Körpers.

Kneif Dich nochmals in Deinen linken Handrücken, um Dich zu überzeugen, dass Deine Hand jetzt fast vollkommen Taub ist. Selbst ein Kribbeln, das viele Menschen zwischen der Stufe 5 und 3 verspüren ist dann zu einer tiefen Kühle geworden.
Das Lämpchen flackert jetzt nur noch, ein leichtes Glimmen ist nur noch zu sehen. Und jetzt, kannst Du die Verbindung zu den Schmerzsensoren Deiner linken Hand völlig trennen, indem Du den Schalter über dem Regler ganz ausschaltest und die Lampe ganz erlischt. Wenn Du jetzt gleich in Deinen linken Handrücken kneifst, ist dieser vollkommen taub – kühl und taub. Die ganze Hand ist dann ganz locker.

Nachdem Du Dich mit Deiner Schaltzentrale vertraut gemacht hast, schalte die Nervenverbindung zu Deiner Hand wieder ein, sodass das Lämpchen wieder beginnt rot zu glimmen. Stelle den Regler jetzt wieder behutsam hoch auf 10. Es dauert vielleicht einige Augenblicke, bis ein warmer Blutstrom die Hand erwärmt und das volle Gefühl wieder zurück bringt. Wenn Du jetzt hinein kneifst, dann ist Deine linke Hand genauso empfindlich, wie Deine rechte und die Erkenntnis wird in Dir wachsen, dass Du fähig bist, die Empfindungen jedes Körperbereichs zu regeln.

Siehst Du da den Regler, den Schalter und das Lämpchen für die Verbindung zu den Schmerzsensoren Deines Unterleibs? Wie das Lämpchen tiefrot satt leuchtet? Du wirst wissen, was zu tun ist, wenn es soweit ist. Und Dein Unterbewusstsein wird Dich dabei unterstützen, sodass Du dann erstaunt feststellen kannst, dass Du diese und vielleicht auch noch ganz andere Fähigkeiten besitzt, die Dir wirklich weiterhelfen.

Mit Hilfe dieser Methoden ist es schon vielen Frauen gelungen, ihre Geburt natürlicher und von weniger unangenehmen Gefühlen begleitet zu gestalten. Man sollte jedoch nicht die Fähigkeiten des Unterbewusstseins unterschätzen, sich auf vollkommen neue Situationen blitzschnell mit genau der richtigen Strategie einzustellen. Häufig hört man dann auch von Berichten, wo werdende Mütter ganz spontan eine neue und sehr wirkungsvolle Möglichkeit fanden, mit dem Geburtsvorgang umzugehen.
Denkbar ist auch, sich in Selbsthypnose an den Sicheren Ort aus Kasten II/X zu begeben, wo man dann Kraft und Energie schöpft, um eines seiner schönsten Ereignisse im Leben aktiv mitzugestalten.

Bei der Rücknahme der Schmerzreduktion ist es sinnvoll, eine Restanästhesie für die Tage unmittelbar nach der Entbindung aufrecht zu erhalten, um eine schnelle und möglichst angenehme Genesung zu fördern. Die individuellen Möglichkeiten gestaltet man am besten zusammen mit einer Fachfrau bzw. einem Fachmann der Hypnotherapie.

Neben dem Lernen, die Empfindungen der Gebärmutterkontraktionen zu steuern, ist es auch sinnvoll, sich auf den Geburtsvorgang selbst vorzubereiten. Das man sozusagen schon ein paar »Trockenübungen« durchführt. Ein Schauspieler bereitet sich schließlich auch auf seinen Auftritt vor. Man kann dabei gar nicht sagen, ob der erste, der zweite oder gar dritte oder vierte Auftritt das größte Lampenfieber verursacht. Sicher kann man nur sagen: je besser die Vorbereitung, desto höher ist die Wahrscheinlichkeit, dass der Auftritt reibungslos verläuft. Vor Überraschungen kann dies freilich nicht schützen, wenn z.B. dem Otello in der Staatsoper plötzlich 500 Skinheads gegenüber sitzen, o.ä.

Bei der Vorbereitung auf eine Geburt verfährt man ähnlich. Man gestaltet eine Art Blaupause der Partus im Unterbewusstsein. Natürlich sollte man bei der Gestaltung seiner individuellen Suggestionen hierzu darauf achten, dass man das Unterbewusstsein erst dann ermuntert, die Gebärmutterkontraktionen zu unterstützen, wenn der tatsächliche Zeitpunkt der Geburt gekommen ist.

Im nachfolgenden Kasten II/XXII ist eine Selbsthypnose abgedruckt, die als Vorlage für eigene Varianten herangezogen werden kann. Manche Schwangere nehmen sich solche Texte gerne auf ihren MP3-Player oder ihr CD- oder Tonbandgerät auf. Ich habe die Hypnosen in diesem Kapitel deshalb auch in der »Du«-Form belassen.

Wenn Sie in einem Geburtshaus oder Zuhause entbinden möchten, werden Sie im Vorfeld mit Ihrer Hebamme die Hypnose und den richtigen Zeitpunkt, um eine Hypnose herbei zu führen besprechen. Sollten Sie im Krankenhaus entbinden, dann beginnen Sie erst bewusst mit der Einleitung Ihrer Selbsthypnose, wenn Sie dort im Kreißsaal empfangen wurden. Eine Trance von zumindest leichter Tiefe stellt sich bei den meisten Frauen ganz automatisch mit den regelmäßigen Kontraktionen ein.

Kasten II/XXII: Geburtsvorbereitung

Dein Körper wird Dir zum richtigen Zeitpunkt das Signal geben, dass die Geburt beginnt. Jetzt wirst Du bald schon Dein Kind begrüßen können. Davor darfst Du es mit Deiner Liebe und Deinem Können dabei unterstützen, das Licht der Welt zu erblicken.

Deine Gebärmutter, ein mächtiger Muskel, der lange für diesen Augenblick trainiert wurde, unterstützt Dich durch ihre regelmäßigen Kontraktionen dabei, in eine ausreichend tiefe Trance zu gehen. Du kannst dabei gerne noch etwas nachhelfen, indem Du Deine bevorzugte Methode, die Du ja so gut kennst, jetzt durchführst.

Und natürlich wird Dein Körper den Zeitpunkt kennen, an dem Du damit beginnen möchtest, die Gefühle, die mit diesen Kontraktionen einhergehen, umzugestalten – mit der Handschuhanästhesie vielleicht, oder der Schalttafel? Vielleicht hast Du oder Dein Körper aber in der Zwischenzeit eine noch bessere Methode gefunden – Du weißt ja: da werden unzählige Fähigkeiten von Deinem Unterbewusstsein verwaltet.

Dein Kind hat sich bereits auf den Weg gemacht und vermutlich spürst Du auch das kleine Köpfchen gegen Deinen Muttermund drücken. Als ob da jemand ein Tor öffnen wollte – vielleicht so ein altes Stadttor oder das Tor zu einem Schloss oder irgendein Tor, dass Du aus Deiner Erinnerung kennst. Mit jeder Kontraktion Deiner Gebärmutter öffnet sich dieses Tor ein Stückchen weiter und Dein Kind spitzt vielleicht auch schon dahinter hervor. Langsam und kontinuierlich öffnet sich so der Muttermund immer weiter. Und es ist ganz normal, dass das Gewebe jetzt besonders elastisch ist, wie eine Handvoll loser Gummibänder. Das ist meistens so, wenn man sich in einem Zustand der Hypnose befindet.

Vielleicht kennst Du das ja, wenn man in einen frisch gewaschenen Rollkragenpulli schlüpft, wie der Kopf durch den weichen Kragen hindurch gleitet. Geschmeidig und elastisch fühlt sich das an, so, wie das Dein Kind jetzt erlebt. Wie durch einen elastischen Rollkragen hindurch schlüpf Dein Kind, hinein in den Geburtskanal.

Es könnte Dir bewusst werden, welch feine Antennen Dein Körper doch besitzt, dass er, auch ohne dass Du es bewusst wissen musst, für alles Wichtige gesorgt hat. Es kann sein, dass Du jetzt einen Druck nach unten verspürst und ganz automatisch das Bedürfnis bekommst zu pressen. Jetzt ist es bald soweit, jetzt wirst Du bald schon Dein Kind in den Armen halten und es freudig willkommen heißen. Zuvor habt Ihr noch etwas Arbeit zu tun, die Ihr jedoch im Team erledigen könnt. Dein Kind weiß, was zu tun ist, es kennt den Weg durch den Geburtskanal hindurch. Du darfst es jetzt dabei unterstützen, mit jeder Kontraktion etwas mehr – weiter – mehr und mehr.

Vielleicht hast Du ja schon ganz automatisch damit begonnen im richtigen Rhythmus zu atmen, oder Du atmest Töne? »A« oder »O« oder hast Du eine ganz andere Methode für Dich entdeckt? Es scheint einem Wunder gleich, dass Dein Kind und Dein Körper instinktiv genau das Richtige tun. Mit Erstaunen könntest Du feststellen, wie kräftig Du Deine Gebärmutter jetzt kontrahierst, zu welch immenser Leistung dieser Muskel imstande ist.

Vielleicht siehst Du während der Pausen, zwischen der Muskelarbeit, die ausgeschaltete Kontrollleuchte vor Deinem inneren Auge, oder Du fühlst die Taubheit Deiner Hand. Und immer auch diese Urkraft, die seit tausenden von Jahren in den gebärenden Frauen ist.

Und dann ist der Zeitpunkt gekommen: eine Kontraktion noch und Dein Kind erblickt das Licht der Welt. Du kannst es spüren, wie Dein Kind den Geburtskanal verlässt. Und vielleicht spürst Du es in Deinen Armen, während es wohlig geborgen auf Deinem Bauch liegt. Und vielleicht ist da Dein Partner und Ihr heißt Euer Kind gemeinsam willkommen.

> Und Du spürst das Glück und den tiefen Frieden und die Ruhe in Dir. Du hast heute etwas Großartiges vollbracht, Dein Kind geboren, dass wird Dich Stolz machen und Dir die Gewissheit geben, dass Dein Unterbewusstsein alles Wichtige bereits weiß. Das wird Dir Sicherheit geben und Vertrauen.

Das Kind macht schon während der Schwangerschaft auf sich aufmerksam. Ob das nun durch einen beherzten Tritt gegen die Bauchinnenseite der Schwangeren geschieht, oder durch ein paar beschwingte »Japser«, wenn es Schluckauf hat.

Für die Wissenschaft sind solche pränatalen Kontakte noch weitgehend Terra incognita. Es ist noch gar nicht all zu lange her, da wollte man wissen, dass sich soziale Kompetenzen nicht vor dem ersten Lebensjahr entwickeln. Damit einhergehend wurde lange Zeit abgestritten, dass die Ursachen für psychische Störungen vor dem Begin der späten oralen Phase liegen könnten.

Ob sich da so mancher Psychologe oder manche Psychologin angesichts ihrer eigenen Überforderung mit einem schreienden Säugling nachträglich die wissenschaftliche Absolution erteilen wollte, sei dahin gestellt.

Ich gehe einmal davon aus, dass jede menschliche Körperzelle maßgeblich von der Psyche seines Besitzers beeinflusst wird. Wenn also eine dieser kleinsten Strukturen in der Lage ist auf Emotionen und Stimmungen zu reagieren, um wie viel mehr ist ein Fetus dazu in der Lage?

Lange Rede, kurzer Sinn: der nächste Kasten enthält eine Selbsthypnoseanleitung, die einen intensiven Kontakt der Schwangeren mit ihrem Kind herstellen möchte.

Kasten II/XXIII: Kontakt mit dem Kind

Im Bauch, so etwa an der Magengrube, da befindet sich ein Punkt, dem besondere Fähigkeiten nachgesagt werden. Fernöstliche Mediziner sprechen vom Solarplexus, ein Punkt, in dem die Energie unseres Körpers gespeichert ist. Manche stellen sich den Solarplexus auch als angenehm warme Kugel aus Licht vor, so etwas wie eine kleine Sonne, die da in einem strahlt. Im Alltag, dann wenn man nur wenig Acht auf sich hat, dämmert diese Kugel so vor sich hin. Aber dann, wenn wir zur Ruhe kommen, so wie in diesem Augenblick vielleicht, beginnt sie heller und heller zu leuchten. Strahlt ihre wohltuende Wärme in Dich hinein, sodass Du Dich wohl fühlst mit Dir und in Dir.

Und Du kannst Dich jetzt sozusagen von innen bescheinen lassen, von Deiner kleinen Sonne, so, dass Du Dich rundherum wohl fühlen darfst.

Dein Kind, das ja unmittelbar neben dieser warmen Kugel aus Licht, wohlig behütet in der Fruchtblase liegt. Eingehüllt in schützende und wärmende Flüssigkeit. Dein Kind trägt auch so eine Lichtkugel in sich. Eure beiden kleinen Sonnen können sich jetzt aufeinander einstimmen, im Gleichklang pulsieren, ihre Wärme und ihr Licht miteinander austauschen. Ja die Kugeln können sich sogar öffnen und zu einem runden Regenbogen werden. Und irgendwie begrüßt Dich Dein Regenbogen freundlich, sodass Du innerlich zu lächeln beginnst.

Und die geöffnete Lichtkugel Deines Kindes nimmt Verbindung mit Dir auf, sodass Du Dich in Dein Kind hineinfühlen kannst. Die wohlige Wärme in der Fruchtblase spüren kannst. Das tiefe Gefühl, angenommen und geliebt zu sein spüren kannst. Wie sich die kleinen Fingerchen an den geschmeidigen Körper legen und ihn streicheln, um das Signal zu geben: es geht mir rundum gut. Vielleicht spürst Du auch, wie sich das Kind freut auf die Geburt und Dich, die tiefe Verbundenheit. Gleichzeitig spürst Du immer auch Dich selbst, dass Du Dich wohl fühlen kannst mit Dir und in Dir.

Und so tauscht Ihr alles aus, was Euch wichtig ist. Nimm Dir ruhig Zeit, um jetzt Deinen Erfahrungen und Gefühlen und Deinen eigenen Bildern nachzugehen.

Dann, wenn es gut für Dich ist, kehrst Du wieder völlig zu Dir selbst zurück. Und Deine Lichtkugel schließt sich wieder, damit es gut ist für Dich. Die kleine Sonne Deines Kindes wird sich ebenfalls schließen und sich freuen, über den Kontakt und Dein Kind wird Dir freundlich zulächeln.

Und Du kehrst dann zurück in das Hier und Jetzt in der Gewissheit, dass Du jederzeit wieder Deine Lichtkugel öffnen kannst, um Verbindung aufzunehmen.

Zum Abschluss dieses Kapitel folgt jetzt eine hypnotische Geburtsvorbereitung in Metaphernform.

Kasten II/XXIV: Der erste Flug

... manchmal, am Tag oder in der Nacht, übt unser Körper – und unser Geist natürlich auch – schon einmal für ein Ereignis, das in der Zukunft liegt. Sportler machen das, um sich für einen Wettkampf vorzubereiten. Schüler machen das, um sich auf eine Prüfung vorzubereiten. Unser Unterbewusstsein macht das auch ganz automatisch, ganz von alleine. So, wie es das eben auch zur Geburt tut.

Sicher hast Du das ja schon zig Mal während Deiner Schwangerschaft erlebt. Die Gebärmutter zieht sich dann zusammen, Du spürst dieses Ziehen. Immer einmal wieder – sporadisch. Der Körper trainiert dann diesen Muskel und bereitet ihn auf die Geburt vor. Wie ein Spitzensportler seine Muskeln trainiert, um bestmöglich vorbereitet zu sein.

Vielleicht bist Du jetzt einfach nur unendlich entspannt, gelassen und lauscht den Fortschritt der Hypnose zu. Vielleicht denkst Du aber gerade – vielleicht sogar mit etwas Wut im Bauch – was erzählt mir der denn da? Das habe ich schon unzählige Male gehört, von der Hebamme, von Freundinnen und Bekannten oder in Broschüren und Büchern gelesen. Du fürchtest Dich vielleicht sogar vor dem Beginn der Geburt, möchtest am liebsten gar nicht darüber nachdenken oder versuchst die schlechten Gedanken einfach auszublenden.

Andererseits freust Du Dich auf Dein Kind, trotz der Angst. Dass da zwei Seiten in Dir kämpfen, ist vollkommen normal. Eine, in der noch die Angst sehr stark ist, eine andere, die die Freude beherbergt.

Das Gefühl, das Du in Dir spüren könntest ist vielleicht genau das, dass ein kleiner Vogel, den ich aus einer Geschichte kenne, gespürt hat.

Er war irgendwann im Frühling aus einem kleinen, gesprenkelten Ei geschlüpft und ist liebevoll von den Eltern, im warmen, behaglichen Nest großgezogen worden. Sie brachten ihm das Futter, zupften sein Gefieder, pflegten und hegten ihn. Jetzt war er größer und die Zeit war reif, das Nest zum ersten Mal zu verlassen. Zeit, für den allerersten Flug.
Der Vogel, der sich immer noch klein und etwas zerbrechlich fühlt, setzt sich an den Rand des Nestes, das hoch oben in einem Baumwipfel hinein gebaut ist. Niemals zuvor hat er bemerkt, wie hoch über dem Boden er sich eigentlich befand. Es war ihm auch nicht bewusst, wie man denn fliegt, sich sicher so hoch über dem Boden bewegen kann. Seine Eltern hatten das einfach so gemacht. Er hatte ihnen oft dabei zugesehen. Sie hatten mit ihm auch über das Fliegen gesprochen, wie es war, als sie selbst das erste Mal losgeflogen sind. Viele Freunde von ihm, waren auch schon das erste Mal geflogen. Richtige Horrorgeschichten hat er darüber schon gehört. Eine Vogeldame hätte sich den Schnabel dabei gebrochen, bei einer anderen hätte es gar drei volle Tage gedauert, bis sie den Schritt über den Nestrand geschafft hätte.

Er selbst hat die letzte Zeit immer häufiger mit seinen kleinen Flügeln geschlagen. Das hat manchmal regelrecht weh getan, die Muskeln mussten schließlich erst an diese Belastung gewöhnt werden.
Jetzt sitzt er da, hoch oben, am Rand des Nestes. Er spürt

diesen natürlichen Drang, seine Flügel auszubreiten und einfach loszufliegen.

Die Angst vor dem Absprung ist noch da. Er kennt ja dieses Gefühl auch nur zu gut. Damals, als er aus seinem Ei schlüpfte, in die ihm noch fremde Welt und er gar nicht recht wusste, wie er sich denn da zurechtfinden sollte. Hätte ihm damals jemand gesagt, dass es eine wunderschöne neue Erfahrung ist, dass sich sein Leben um so viel bereichert, er hätte ihm nicht geglaubt.
Die Angst ist jedoch nicht das einzige Gefühl. Irgendwo tief in ihm weiß er doch, dass er fliegen kann, dass es seine Bestimmung ist, zu fliegen. Und das ist ein Gefühl der Sicherheit.
Und er lauscht dieser Stimme, die tief aus seinem Innersten kommt. Eine vertraute Stimme, die schon oft zu ihm gesprochen hat. Sie sagt ihm, dass die Höhe keine Gefahr für ihn darstellt, dass ihn seine Flügel sicher tragen. Er ist schließlich ein Vogel mit gut trainierten Flügeln.

So beruhigt sich der kleine Vogel allmählich und beginnt in sich hinein zu horchen, dieser inneren Stimme zu horchen und dem Gefühl zu vertrauen. Je ruhiger er wird, desto aufmerksamer kann er in sich hinein hören und auch außerhalb kann er jetzt eine Stimme vernehmen, es ist der Wind, der zu ihm spricht. Das tut er nicht zum ersten Mal. Er kennt seine Stimme vom Spiel mit den Nadeln und Blättern der Bäume und mit seinen Federn. Mit seiner rauen Stimme spricht er zu ihm: »Lass Dich einfach fallen und breite Deine Flügel aus. Ich werde dich sicher tragen mit meinen Strömungen. Gemeinsam schaffen wir das.«

Der Wind spricht voller Vertrauen in die Fähigkeiten des jungen Vogels. Voller Anerkennung der Stärke dieses jungen Vogels: »Du bist gut vorbereitet, Deine Muskeln sind gut trainiert, Dein Körper ist geschmeidig und flexibel, alles, was Du brauchst, um diesen Weg zu gehen. Wenn Du ganz tief in Dich hinein hörst, dann kannst Du die Freude hören, die Dir Deine innere Stimme zuruft über die neue Welt, die sich Dir jetzt auftut.«

So erzählt ihm der Wind von den unzähligen anderen kleinen Vögeln, denen er geholfen hatte, das Fliegen zu lernen. Sie hatten sich auch anfangs gefürchtet und waren dann umso erstaunter, wie gut sie doch fliegen konnten, vom ersten Flügelschlag an. Und mit seiner verwehten Stimme, in ruhigem und besänftigenden Ton, spricht er weiter: »Jeder Vogel weiß es von innen heraus, wann er bereit ist zu fliegen. Du kannst dich auf diese unbewusste Fähigkeit völlig verlassen.«

Der Vogel wird ruhiger und ruhiger, entspannt sich jetzt. Er lauscht wieder tief in sich hinein, ganz gründlich und bemerkt, wie sich diese Sicherheit, dass er es kann, immer mehr ausbreitet. Ein tiefes Bewusstsein, das er diese Fähigkeit besitzt, tatsächlich lange schon besitzt. Diese Fähigkeit ist fest in seinem Unterbewusstsein verankert. So lernt er, sich selbst zu vertrauen.

So nutzt er diesen wunderschönen Tag, um den entscheidenden Moment gelassen, vielleicht mit noch geringer Beklemmung, aber das ist normal, vielleicht aber auch mit innerer Freude und Erfüllung, entgegen zu sehen.

Und der junge Vogel wird wissen, wenn es soweit ist. Dann scheint vielleicht die Sonne zwischen den Nadeln und Blättern der Bäume hindurch und erwärmt das Gefieder des Vogels und seine Seele.

Er flattert dann immer häufiger mit den Flügeln, er spürt dabei das Ziehen seiner Muskeln, doch mit seinem Ziel vor Augen, der Zuversicht und dem Vertrauen auf seine Fähigkeiten lässt er sich fallen und vom Wind hinfort tragen.

Zunächst lösen sich die Krallen vom Nestrand und mit dem Halt verliert er auch den letzten Rest der Angst. Kaum hat er auf sein inneres Gefühl gehört und das getan, wovor er Angst hatte, ist sie verschwunden, sie ist einfach weg. Er spürt den frischen Wind im Gesicht, während er in die Strömungen der Luft hinein gleitet.

Mit Leichtigkeit lässt er sich von der Thermik tragen. Höher und höher hinauf. Mit ruhigem Flügelschlag zieht er immer größere Kreise, richtet seine Aufmerksamkeit auch auf das Außen, lässt sich von den Impressionen einfach verzaubern. Und er erkennt klarer und tiefer als früher, was ihm im Leben tatsächlich am meisten Freude bereitet – sich im rechten Moment fallen zu lassen und auf seine Fähigkeiten vertrauen.

Und während der kleine Vogel immer sicherer wird und beschwingt durch die Lüfte segelt, säuselt ihm der Wind etwas in sein Ohr: »Siehst Du wohin Dich das führt? Vertraue auf Dein inneres Wissen, diese zunächst noch völlig unbewussten Fähigkeiten sind fest in Dir verwurzelt. Du kannst auf sie vertrauen, sie dazu nutzen, um dich weiter zu entwickeln.«

Nach einiger Zeit entdeckt der Vogel dann einen hohen, zerklüfteten Felsen. Er landet behutsam auf einem, von der Sonne erwärmten Vorsprung. Er kann von hier aus weit über die Landschaft blicken. Die ganze Weite erkennen. Er genießt noch einmal die neu entdeckte Fähigkeit, die doch schon so lange in ihm schlummerte. Und er lässt diese Bilder in sich wirken, schaut sie sich genau an, denn er weiß, der Körper speichert dieses Gefühl der Zuversicht, der Sicherheit und Freiheit.

Mit diesem neuen Wissen, kehrt er zurück zu seinem Nest. Und er hat ein völlig neues Gefühl, das ihn begleitet. Das Gefühl, das er fühlt, wenn er an die neue Möglichkeit denkt, sein Nest jederzeit wieder verlassen zu können, wenn er es will.

Und der Wind begleitet seinen Rückflug: »Gut gemacht, kleiner Vogel. Du kannst die Zeit in der Geborgenheit des Nestes nutzen, um Dein neues Wissen und Deine Fähigkeiten weiter zu entwickeln. Das kannst Du ganz unbewusst machen, so wie ja auch Dein Talent zum Fliegen bereits lange unbewusst in Dir vorhanden war. Jeden Tag etwas mehr. Vielleicht gleich nachdem Du wieder bei Dir angekommen bist oder nachts, im Traum oder tagsüber, in den Momenten, in denen Du gar nicht mehr weißt, an was Du gerade gedacht hast.«

So kehrt der junge Vogel mit ruhigen, entspannten Flügelschlag zurück in das behagliche und warme Nest, so wie auch Du jetzt von diesem Ausflug zurückkehrst.

ANSTÄNDIGE FRAUEN WERDEN NUR SCHWANGER, WENN DIE UMSTÄNDE ES ERFORDERN.

(Werner Mitsch, deutscher Aphoristiker)

2.4.5 Unterstützende Selbsthypnose

Selbsthypnose ist ein ausgezeichnetes Werkzeug, um sich bei körperlichen oder seelischen Leiden zu unterstützen. Viele Menschen fühlen sich angesichts eines vermeintlich allmächtigen medizinischen Versorgungsapparates ohnmächtig etwas selbst zu tun. Sie fühlen sich verdammt zur lähmenden Passivität. Die Erfahrung selbst aktiv werden zu können und sein (Krankheits-)Leben maßgeblich mitgestalten zu können, kann ein erheblicher Trost und auch eine starke Motivation sein. Trost, Einfluss auf das eigene Schicksal zu haben. Motivation, ein Problem oder einen Konflikt als Chance zu sehen.

Selbsthypnose wird z.B. sehr erfolgreich zur Unterstützung einer Psychotherapie angewandt. Was ist faszinierender, als die in der Therapie geweckten Potentiale gezielt selbst weiter auszubauen? Die Erkenntnis, dass das Unterbewusstsein eben keine schwarze Höhle ist, in der ein sexsüchtiges und mordlustiges Ungeheuer haust, sondern dass man gezielt die dort gespeicherten und noch verborgenen Ressourcen nutzen kann, gibt ein ganz neues Selbstbewusstsein.

Aber auch bei körperlichen Leiden erkennt die moderne Medizin in der Zwischenzeit die große psychische Komponente. Man unterscheidet dabei zunächst einmal somatopsychische Störungen, also Leiden, bei denen sich aufgrund einer körperlichen Erkrankung eine psychische Überlastung einstellt und psychosomatische Krankheiten, bei denen eine psychische Überlastung zu körperlichen Symptomen führt.
Nun, gerade diese so genannten psychosomatischen Krankheiten werden heutzutage immer noch sehr widersprüchlich diskutiert. Dies liegt wohl auch an unserer, seit

Jahrhunderten gewachsenen dualen Auffassung von Medizin. Vielerorts wird Körper und Geist nach wie vor strikt getrennt und unabhängig voneinander therapiert. Aber auch die ewig Gestrigen, die in der Pionierzeit der Psychosomatosen hängen geblieben sind, die nach dem Motto: »Zeig mir Deine Nase und ich sag Dir, welche Neurose Du hast!«, therapieren, tragen ihres zur Aufrechterhaltung dieses Systems bei.

Heute geht man bei der Entstehung solcher Krankheiten von einem multifaktorellen Geschehen aus – das klingt ziemlich hochtrabend, soll es auch, denn es besteht ein umgekehrt linearer Zusammenhang zwischen der Fundiertheit einer wissenschaftlichen Erkenntnis und der Komplexität, mit der diese erklärt wird. Je mehr man über eine Sache weiß, je sicherer man sich ihrer ist, desto einfacher wird man diese versuchen zu erklären. Möglichst viele Menschen sollen ja daran teilhaben, an dieser tollen Entdeckung der Wissenschaft.
Je weiter jedoch eine Theorie in das Reich der Spekulationen hinein reicht, je mehr die Forscher im Dunkeln tappen, desto höher wird die intellektuelle Ebene, auf der dieses diskutiert wird. Wenn man schon keine Ahnung hat, dann möchte man wenigstens auf hohem wissenschaftlichen Niveau darüber reden.

Multifaktorelles Geschehen meint, dass vielerlei Faktoren an der Entstehung einer psychosomatischen Erkrankung beteiligt sind: eine vererbte Anlage dazu, eine besondere Empfänglichkeit für diese Krankheit und eventuell ein äußerer Auslöser.

Besonders grausam deutlich wird das an dem Beispiel der so genannten »Kriegszitterer«. Während der beiden Weltkriege nannte man so die Frontsoldaten, die wegen ihrer traumatischen Erlebnisse dieses Symptom, neben einer Reihe weiterer, zumeist unheilbarer, neurologischer Störungen (Zittern, Lähmungen, Erblindung), entwickelten. Von Vietnam-Veteranen kennt man ähnliche Schilderungen. Auch beim Golf-Krieg-Syndrom stehen posttraumatische Reaktionen im Vordergrund.

Bei den meisten Menschen sind die »Schlachtfelder« woanders. Im Kinderzimmer, der Schule, am Arbeitsplatz oder in den Ehebetten. Nicht umsonst bezeichnen wir eine schlechte Ehe oft als »Ehekrieg« oder die Erziehungsmethoden so manchen Lehrers als psychische Folter.

Die Erkenntnis des oder der so Gemarterten, dass der Ursprung ihres körperlichen Leidens in den tiefen seelischen Kränkungen, die sie erlitten haben liegt, ist dabei der erste Schritt zur Heilung. Erst die Bereitschaft hinzuschauen, die Augen vor den schmerzlichen Tatsachen nicht länger zu verschließen, birgt die echte Chance, diese dunklen Kapitel der persönlichen Geschichte zu verarbeiten.

Dabei ist das Unterbewusstsein ein starker Verbündeter. Mit den Mitteln der Selbsthypnose kann man den entscheidenden Schritt nach vorne machen. Es empfiehlt sich, zusammen mit einer Hypnosetherapeutin oder einem Hypnosetherapeuten diese ganz individuell zu gestalten. Mit ihr oder ihm kann man als Betroffener auch seine Erfahrungen, Ängste, Befürchtungen, Fortschritte und Erfolge besprechen und den weiteren Verlauf des Selbsthypnosetrainings planen.

So erhält man eine maßgeschneiderte (Selbst-)Therapie, die auf die eigenen Gewohnheiten und Vorlieben, aber auch die individuellen Talente und Fähigkeiten eingeht.

Dieses Vorgehen ist auch sinnvoll, wenn man sich im Heilungsprozess einer körperlichen Erkrankung unterstützen möchte. Man nimmt sich sozusagen einen Coach auf Zeit, der zusammen mit einen die speziellen Möglichkeiten, die zur Verfügung stehen, auslotet und sie bestmöglich für einen einsetzt.

Neben den beiden Gruppen, der psychosomatischen Krankheiten und den somatopsychischen Störungen gibt es auch noch eine dritte, die bislang noch keine Erwähnung fand. Die so genannten funktionellen Störungen. Dabei entwickeln sich wegen einer psychischen Überlastung körperliche Symptome, ohne dass ein Organ krankhaft verändert wird. Neben Übelkeit, Brust- und Bauchschmerzen, häufiges Wasserlassen, Atemlosigkeit, zählen darunter auch die sexuellen Funktionsstörungen.

Der Spam-Ordner meines E-Mail-Verzeichnisses will mir freilich jeden Tag eine andere Geschichte erzählen. Viagra-Werbung soweit das Auge reicht. Die Statistik scheint diesem marktwirtschaftlichen Angebot zunächst Recht zu geben. 70 Prozent der Erektionsstörungen des Mannes sind körperlich bedingt, 30 Prozent psychisch.

Schaut man sich die Statistik jedoch einmal näher an, dann wenden sich plötzlich die Gewichtungen. Von den statistisch Erfassten, sind 60 Prozent über 65 Jahre alt, lediglich 2 Prozent sind jünger als 40 Jahre. Wie hoch wohl der Anteil psy-

chisch bedingter erektiler Dysfunktionen darunter ist, verheimlicht uns die Pharmaindustrie. Es wäre ja auch ziemlich geschäftsschädigend, zuzugeben, dass die Kernkundschaft von Viagra, Levitra und Co gar keinen Nutzen von ihren teuer bezahlten Präparaten hat. Das erklärt wahrscheinlich auch, weshalb die vielen Pillen-Fälschungen, die im Internet bezogen werden können, so beflissen gekauft werden. Backpulver und blaue Farbe haben bei den meisten der Anwender eben dieselbe Wirkung.
Ertappt – wahrscheinlich schreibe ich hier nur so abwertend über diese Industrie, weil ich irgendwann einmal von einer Frau, die für diese Branche tätig war, verlassen worden bin. Manchmal geht halt auch das Unterbewusstsein eines Hypnosetherapeuten durch oder es ist der Ärger darüber, dass ein Selbsthypnoseprogramm im globalisierten Marktvergleich dagegen ziemlich bescheiden aussieht, obwohl die Wirkung und davon bin ich überzeugt, um einige Multiplikatoren größer ist als dies bei allen Impotenzmittelchen der Fall ist.

Wenden wir uns einem dankbareren Forschungszweig zu: Am Göttinger Institut für Psychologie wurde 28 Schmerzpatienten in einem speziellen Programm Selbsthypnose beigebracht. Die Patienten lernten dabei, bei Schmerzattacken in einen tiefen Entspannungszustand zu gehen und minderten dadurch ihre Beschwerden deutlich.
Es war ihnen so möglich, ihren Schmerzmittelkonsum um 60 bis 75 Prozent zu senken. Daneben fühlten sie sich auch physisch und seelisch Leistungsfähiger, die depressiven Symptome nahmen ab und der Effekt konnte bei einer Nachuntersuchung auch noch nach drei Monaten bestätigt werden.

Der gemeine postpaläolithische Mensch hat eindeutige Prioritäten gesetzt, wenn es um die Bewertung seiner Lebenssituation geht. Seit Jahren tönt es aus den Vorstandsetagen der Spitzenkonzerne unseres Landes: »Der deutsche Arbeitnehmer ist zu teuer, zu unflexibel, usw.« Dabei erzielen sie Jahr für Jahr neue Rekordgewinne. Aber auch der kleine Mann neigt zu dieser Art Schwarzmalerei. Persönliche Erfolge werden zugunsten der vermeintlich überwiegenden Tragödien kleingemacht und die Aufmerksamkeit wird ganz auf die täglichen Hiobsbotschaften, deren nächste man schon sehnsüchtig erwartet, gerichtet.

Grönemeyer sang einmal: »Der Mensch ist leider nicht naiv, der Mensch ist leider primitiv.« Man kann das erweitern in: »Der Mensch ist leider nicht Realist, der Mensch ist leider Pessimist.«

Das ist auch der Grund, weshalb all die Buchhalter, Controller und Erbsenzähler sich zäh in ihren Positionen halten, obwohl sie doch von allen Kollegen täglich hunderte Male verwunschen werden. Statistik und öde Zahlenkolonnen müssen uns auf den Boden der Tatsachen zurückholen, wozu wir mit unseren eigenen geistigen Beurteilungsfähigkeiten nicht imstande wären.

Auch der, der sich beflissen mit Selbsthypnose bei einem Genesungsvorgang unterstützt, tut gut daran, sich an objektiven Kriterien bei der Beurteilung seines Fortschritts zu orientieren.

Die Grafik auf Seite 172 ist so ein Instrument zur Verlaufskontrolle. Man kann darin den Grad der Belastung, etwa bei Angstzuständen, Schmerzen, o.ä., über eine Woche hinweg dokumentieren.

Diese Symptombelastung trägt man in eine Skala von eins (geringe Belastung) bis fünf (maximale Belastung) in ein

Zeitdiagramm ein. Beispielhaft sind bereits zwei Belastungszeiträume am siebten Tag eingetragen, der erste zwischen 1:00 und 2:00 Uhr, mit einer Stärke von vier. Der zweite von 9:00 bis 18:00 Uhr, langsam beginnend, sich dann bis Stärke vier steigernd, um ebenso langsam wieder abzuklingen.

Ich empfehle immer, die Eintragungen jeweils am Abend eines Tages zu machen.

DECKUNGSBEITRAG,
PLUS GEWINN,
MINUS DIES, PLUS
DAS...

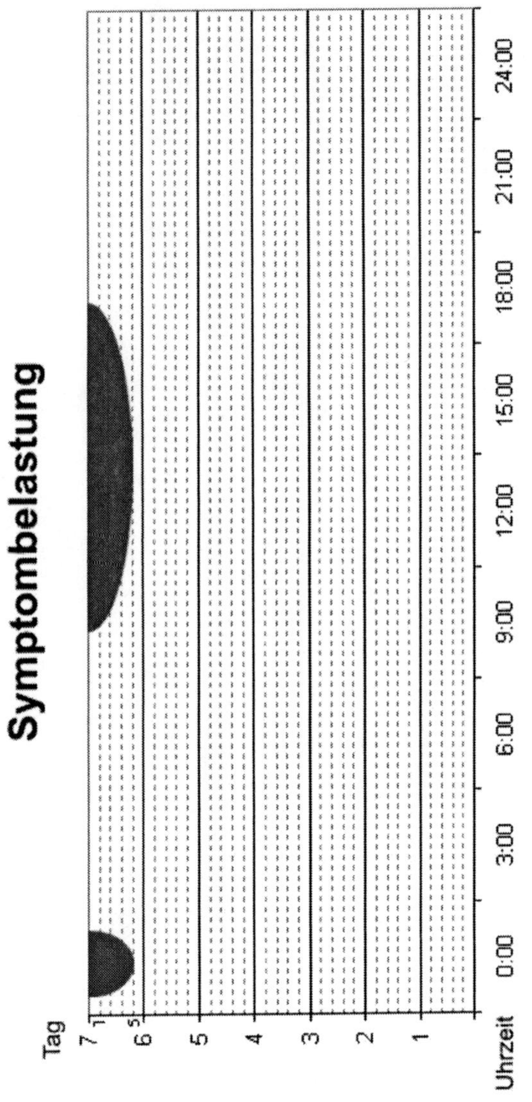
Symptombelastung
Tag
7
6
5
4
3
2
1
Uhrzeit
0:00
3:00
6:00
9:00
12:00
15:00
18:00
21:00
24:00

Die Kästen II/XXV und II/XXVI beinhalten zwei Techniken, die ich immer wieder gerne im Umfeld psychosomatischer Leiden anwende.

Wie auch die Dokumentation der Symptombelastung, wäre es gut, diese, bevor man sie einübt, mit dem Therapeuten abzusprechen. So kann der die neuen Fähigkeiten, die damit erlernt werden und die Erweiterung des Handlungsspielraumes optimal in die Therapie mit integrieren.

Kasten II/XXV: Wünsche sammeln

Erzählen Sie sich in Selbsthypnose folgende Metapher:

»Dass ich mir Wünsche in meinen tiefsten Inneren bewahre, ist etwas sehr wichtiges. Überall in der Welt schwirren Millionen von Zufällen umher, die gerade sonst nichts zu tun haben.

Wenn jetzt einer meiner Wünsche hinauszieht in die Welt – wer weiß? Vielleicht begegnet ihm einer dieser Zufälle. Und er begleitet dann den Wunsch zu mir. Ich würde dann ziemlich erstaunt sein und es kaum glauben können, dass es ein Zufall ist. Bestimmt werde ich sagen: »Das ist meine Bestimmung.«

Hätte es keinen Wunsch gegeben, dann hätte es der Zufall schwer gehabt, mich unter all den Menschen zu finden.«

Notieren Sie sich dann auf ein Blatt Papier Ihre Wünsche unter dem Motto: »Was ich mir von einer guten Fee wünschen würde, wenn ich mir etwas wünschen dürfte.« Schnuppern Sie doch einmal hinein, in den einen oder anderen dieser Wünsche!

Kasten II/XXVI: Ballon-Technik

Suchen Sie in Selbsthypnose ihren sicheren Ort (Kasten II/X) auf und stellen Sie sich einen bunten Heißluftuftballon vor. Einen roten vielleicht, einen blauen, oder einen, in irgendeiner anderen schönen Farbe.

An seiner Unterseite ist ein großer Korb befestigt.

Da dürfen Sie alles das hinein packen, was sie belastet. Egal, ob das jetzt Streitereien sind, Krankheiten, die Situation am Arbeitsplatz, oder andere Dinge.

Schauen Sie nochmals nach, ob sich auch alles im Korb befindet. Dann erhebt sich der Ballon in die Lüfte. Er steigt höher und höher, und wird für den Betrachter dabei kleiner und kleiner. Schließlich kann man nur noch einen Farbtupfer am Himmel sehen. Und dann ist er verschwunden.

2.5 Ein Fall aus der Praxis

Frau I. war eine dieser Frauen, die man als Mann nicht anzusprechen wagte, da angesichts ihrer blendenden Schönheit der letzte Funken Selbstwert aus ihnen zu schwinden drohte. Männer sind bei so etwas sehr empfindlich. Bereits unsere Vorfahren im Paläolithikum spielten gerne mit dem Feuer, all zu imposante Mammuts ließen jedoch schnell den Adrenalinrausch des Jägers verpuffen.

Diese sehr subtile Art der Männerwelt, besonders begehrenswertes Aussehen durch Nichtbeachtung zu honorieren, fand auf dem Boden so manchen kindlichen Erlebnisses, bei Frau I. gute Nahrung, sodass im Laufe der Jahre aus einem Gefühl der Minderwertigkeit, eine manifeste Zwangserkrankung gewachsen war. In der Zwischenzeit verbrachte sie einen Großteil Ihres Tages damit, sich und ihr Umfeld so steril wie möglich zu halten: Kleidung waschen, Geschirr abwaschen, hinter Schränken putzen und nicht zu vergessen, Hände waschen, mindestens 30 Mal täglich. Ab und an kam es vor, dass sie jemanden in ihrem Auto mitnahm, was für sie jedes Mal eine mittlere Katastrophe darstellte. Ihr Wagen war dann so verseucht, dass sie ihn einer gründlichen Reinigung und Desinfektion unterzog.

Irgendwann einmal habe sie das Pensum ihrer selbstauferlegten Putzkasteiung nicht mehr zu ihrer Zufriedenheit erledigen können und sei immer depressiver geworden. Schließlich sei sie in eine psychiatrische Klinik eingewiesen worden, in der eifrige Pfleger und Ärzte versuchten, dem Herr zu werden.
Einige Tranquilizerchen später, die wohl in dieser Phase gute Dienste zu tun schienten, wurde Frau I. in eine psy-

chosomatische Fachklinik überwiesen, wo man sich ihrer Zwänge annahm. Da sich unter dem Einfluss von Entspannungsverfahren ihr Zustand schnell verbesserte, kam sie bald schon in den Genuss eines Flooding in vivo. Hinter diesem, so harmlos klingenden, psychologischen Fachterminus verbirgt sich eine recht radikale Methode. Die Delinquentin wird so lange dem Reiz ausgesetzt, der in ihr diese intensiven Ängste auslöst, bis ihr Verstand merkt, dass diese Situation für sie nicht lebensbedrohlich ist.

Der interessierte Leser wird sich fragen, weshalb man überhaupt eine solch radikale Methode anwendet. Nun, in Zeiten, in denen eine Behandlung eher von der Kostenfrage bestimmt wird, als von therapeutischen Überlegungen, muss sich die Methodenwahl den vorgegebenen Prioritäten unterordnen. Viele Zwangserkrankte profitieren sehr wohl von dieser Radikalkur. Wehe aber Der- oder Demjenigen, der durch das Raster des statistischen Standardpatienten fällt. In einem System, dass sich konsequent an ökonomischen Gesichtspunkten orientiert, ist für Individualität in der Wahl der eigenen Bewältigungsstrategien kein Platz mehr.

Leider fiel auch Frau I. durch dieses Standardraster. Auf die massiven Ängste, denen sie ausgesetzt war, reagierte sie zunehmend depressiv, so ähnlich wie ein altersschwacher Computer, der sich, nachdem er stundenlang mit einem Ego-Shooter gequält wurde, eine hitzebedingte Auszeit nimmt. Darauf hin entließ man sie in die Obhut eines ambulanten Therapeuten, der in zig Sitzungen nun seinerseits sein Glück mit Methoden, die derselben Therapierichtung entsprangen, versuchte. Leider sind der Vielfalt der kassenzugelassenen Psychotherapeuten strikte Grenzen gesetzt – Grenzen, die den Bedürfnissen von Frau I. nicht gerecht werden konnten.

So kam es, dass Frau I. nach ihrer kognitiv-behavioralen Odyssee in meiner Praxis vorstellig wurde, um es einmal mit Hypnose zu probieren.

Sie wählte wohl die Hypnotherapie für sich aus, weil sie fälschlich in der Annahme war, dabei könne sie, ohne etwas von sich preisgeben zu müssen, sich in aller Ruhe umprogrammieren lassen. Dementsprechend gestalteten sich die Vorgespräche auch knapp und oberflächlich.

Vom Zwang redete sie so, wie ein Staubsaugervertreter vom Staubsauger: »Ist der Zwang erst einmal eingeschaltet, bekommt man ihn nicht so schnell aus. Nicht ohne dass alles geputzt und sauber ist.« Etwas, dass nur wenig mit ihr zu tun schien, dem man sich unterordnen müsse, wie ein Rekrut dem Feldwebel.

Das brachte Frau I. nicht nur Nachteile. Mit unberechenbarem Zwang war es auch möglich, einer Mutter, die sonst wenig Widerspruch zuließ, die Teilnahme an Familienfeiern abzusagen oder sogar ihre Fürsorge und Rücksichtnahme in Anspruch zu nehmen.

Ich versuchte, ihr in Trance einen Ausblick zu geben, wie es wohl wäre, wenn sie ohne diesen Zwang, der doch so persönlichkeitsfremd von ihr erlebt wurde, ihr Dasein genießen könnte. Diese neue Perspektive nahm sie dann auch gleich zum Anlass zu überlegen, aus dem Elternhaus, in dem sie noch wohnte, auszuziehen.

Der »fürchterliche Zwang« meldete sich jedoch abrupt auf diesen psychischen Konterrevolutionsversuch. Nach einigen Sitzungen, deren Hypnosen sich mit der Verbesserung des Selbstbildes beschäftigten, gelang es ihr dann zum ersten Mal nach Jahren, ihrer Mutter einen Gefallen zu tun. Die Suggestionen in Trance gab ich dabei immer in größter Mühe, symbol- und metaphernhaft zu formulieren, damit der Versuch, mehr Selbstliebe zu entwickeln auch ja nicht vom rigorosen Filtersystem des Bewusstseins durchschaut werden konnte.

Unser bewusster Verstand arbeitet da wie ein Brita-Kaffeewasserfilter, der jedes noch so winzige mineralische Schwebeteilchen vom Verzehr aussondert. Wie diese Schwebeteilchen, werden auch die bestbeabsichtigsten guten Wünsche, Ratschläge oder Suggestionen vom Bewusstsein herausfiltriert, wenn man sie nicht besonders schützt und so wohl dosiert verpackt, dass sie die kleinen Filterporen passieren können.

Diese Fortschritte machten Frau I. aber auch irgendwie Angst. Sie käme jetzt gar nicht in Versuchung in all zu große Euphorie zu verfallen, sie wisse schließlich, wie schnell der Zwang zurückkommen könne.

Nichts desto trotz dachte ich, nachdem sie jetzt einige Wochen keinen Druck verspürte, ihrem Zwang nachzugeben, die Zeit für den nächsten Therapieschritt sei gekommen. So tasteten wir uns behutsam an die Übernahme von mehr Selbstverantwortung heran, immer hübsch hypnotisch verpackt und im Unschuldsgewandt der Metapher gekleidet. In einer Sitzung konnten wir sogar so weit gehen, dass die Feststellung gemacht werden konnte, dass, genauso, wie man die Zeit manchmal vergessen kann und man sicher auch ohne Zeit leben könne, man auch den Zwang zeitweilig vergessen und ebenso auch ohne ihn leben könne.

In den Tiefen von Frau I.'s Unterbewusstsein schien irgendetwas davon angesprochen worden zu sein, denn zur nächsten Sitzung sprach sie zum ersten Mal darüber, wie alles mit den ersten Symptomen begonnen hatte.

Noch während sie das Gymnasium besuchte erlebte sie, wie nach der Trennung von ihrem Freund auch der Kontakt zu der gemeinsamen Clique abriss. Sie glaubte, die anderen machten sie verantwortlich für das Scheitern der Beziehung und zog sich deshalb mehr und mehr zurück. Sie konzentrierte sich ganz auf das bevorstehende Abitur und bündelte ihre Kräfte auf dieses Ziel hin.

In der Zwischenzeit hatte sie dem Werben eines jungen Mannes nachgegeben, der als einer unter wenigen über genug manisches Selbstbewusstsein verfügte, Frau I. auch tatsächlich anzusprechen. Bereits damals verspürte sie die ersten Anzeichen ihrer Erkrankung. Was man zu Beginn noch als Marotte oder Eigentümlichkeit abtun konnte, entwickelte sich schließlich nach dem Abitur und nachdem sie eine Ausbildung begonnen hatte, zu einer manifesten Zwangsstörung. Frau I. ist eine sehr gewissenhafte Persönlichkeit, was ja bestimmt auch ihren Hang zur Zwanghaftigkeit etwas begünstigte. Das Problem war jetzt nur, dass Sie einerseits oft den Drang verspürte, ihre Ausbildungsstelle fluchtartig zu verlassen, andererseits zwang sie ihre Gewissenhaftigkeit zu bleiben und ihre Lehre durchzustehen. Aber ihre Psyche verließ sich beim Umgang mit Herausforderungen zum »Glück« ja nicht nur auf den Zwang alleine: sie hatte gelernt, als äußerste Maßnahme, zutiefst depressiv zu reagieren (weshalb die vielen verhaltenstherapeutischen Bemühungen oft versagten).

So kam es, wie es kommen musste: das Umfeld von Frau I. war der Meinung, dass ihr Benehmen nicht ganz normal sei und für solche Fälle gäbe es ja geeignete Kliniken mit Experten, die sich um so etwas kümmern würden. Den Rest der Geschichte kannte ich bereits.

Solche Momente, in denen jemand über seinen Schatten hinweg springt und die Inhalte offen anspricht, für die er sich eigentlich zutiefst schämt oder die er aus irgendeinem anderen Grund weit weg, zur Seite schiebt, sind immer eine sehr spannende Angelegenheit. Nicht selten steht ein Durchbruch in der Therapie unmittelbar bevor, ein Durchbruch, der es oft ermöglicht, die lästigen Symptome zu überwinden. Mit diesen Hintergedanken im Kopf stürzte ich mich dann auf Frau I., wie der oft zitierte Elefant in den Porzellanladen. Ich ließ ihr ein Symbol für die damalige Situation konstruieren, dass all ihre negativen Gefühle repräsentieren sollte.

Frau I.'s Reaktion auf meine hypnotechnisch so brillante Strategie kam prompt: angewidert und völlig entnervt öffnete sie während der Hypnose die Augen und rief entrüstet aus: »Das nervt mich jetzt aber! Ich habe keine Lust mehr, mich damit auseinander zu setzen, deshalb bin ich ja in die Hypnosetherapie gekommen!«
Nun, wäre ich Psychoanalytiker, dann hätte ich mir wenigstens leichter getan, mit dieser Situation umzugehen:

Frau I. zeigt eindeutig Widerstand und ist nicht bereit, die neurotischen Anteile und die Kränkung ihres Ichs zu akzeptieren. So verdrängt sie das Geschehene ins Es. Als Hypnosetherapeut, der sich an der Arbeit eines Milton Ericksons orientiert, musste ich jedoch etwas mehr Selbstkritik walten lassen. Wenn ein Symptom eine Ressource ist, dann muss auch der Zwang von Frau I. eine wichtige Funktion erfüllen. Er ermöglicht es, Einfluss auf ihre Umwelt zu nehmen, den sie vermeintlich sonst nie hätte. Wie soll sie denn ihre berechtigten Interessen sonst durchsetzen?

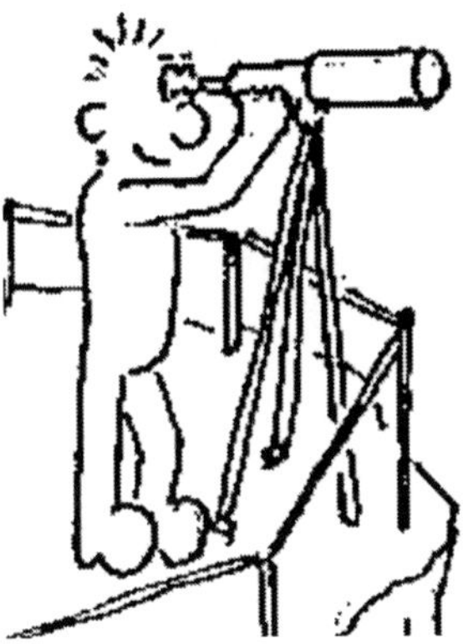

WO SIND SIE DENN, DIE RESSOURCEN?

Mit Dingen, die mir lieb geworden sind, gehe ich auch nicht weniger absolutistisch um. Bereits der Gedanke daran, dass das Instantpulver meiner Lieblingspuddingmarke zur Neige gehen könnte, lässt mir den Schweiß auf der Stirn stehen.

So beschloss ich, ihren Zwang nicht per Definition als Störung anzusehen, sondern als Ressource, mit der umzugehen verstanden werden musste. Ressourcen sind schließlich nicht unerschöpflich und werden deshalb ab und an durch andere ersetzt.

In den nächsten Sitzungen wurde, vielleicht zum ersten Mal in der Therapiekarriere Frau I.'s, ihr Wunsch akzeptiert, selbst zu entscheiden, wie viel ihrer Symptomatik sie hergeben möchte und wie viel eben nicht. Nicht die Aufgabe des Zwangs war fortan das Ziel, sondern die Unterstützung dessen. Das mag zunächst etwas verwirrend klingen: Fakt war zunächst unbestreitbar, dass jeglicher Versuch, den Zwang einzuschränken heftige Ängste, wenn nicht sogar eine depressive Episode herauf beschwörte. Das Symptom als solches zu würdigen hieß, den Druck, der durch die immer wiederkehrenden Versuche »Herr« über seine Psyche zu werden verursacht wurde, von ihr zu nehmen. Gleichzeitig sollte Frau I.'s Unterbewusstsein die Fühler nach geeigneteren Mitteln ausstrecken, um all das zu erreichen, was ihre Symptome imstande waren zu ereichen.

Ich erinnerte mich an eine schöne Geschichte, die ich irgendwo einmal als Intervention aufschnappte: darin wird das Gehirn mit einer Autobahn verglichen. Man benutzt immer die stärksten und am besten ausgebauten Nervenbahnen – ebenso wie Autobahnen. Manchmal führen solche Verbindungen jedoch nicht exakt in die Richtung, in die man eigentlich möchte. Es existieren aber auch abseits der Autobahnen Feld- und Hohlwege, die lange schon nicht genutzt wurden, die jedoch in die richtige Richtung führen. Man kann sich diese Wege nutzbar machen, wenn man sie immer wieder bearbeitet. Steine beiseite rückt, Büsche abschlägt, planiert und glättet.

Die Wirkung war verblüffend, denn typische Situationen, in denen Frau I. dazu neigte mit einem ausgeprägten Wasch- und Putzzwang zu reagieren, schienen fortan zu fehlen. Auch noch nach sechs Wochen fühlte sie sich ruhig und ausgeglichen in Momenten, in denen sie früher immer unter starkem Druck gestanden sei.

Literatur

Bongartz, W.: Der Einfluss von Hypnose und Stress auf das Blutbild. Frankfurt 1996.

Brandl, A.: Du, der Stern, deine Planeten und ich. Ein Praxisleitfaden für Hypnosetherapeuten. Münster 2006.

Cheek, D.: Hypnosis: The Application of Ideomotor Techniques. Boston 1994.

Deutsche Bibelgesellschaft (Hrsg.): Bibelausgaben, Standardbibel mit Apokryphen. Stuttgart 1985.

Deutsche Gesellschaft für Hypnose e.V. (Hrsg.): Neurobiologische Grundlagen der Hypnose – neueste Erkenntnisse aus der Hirnforschung. 2006. Internet: http://www.dgh-hypnose.de/con/30/pdf&Nr=403 (Zugriff: 24.01.2006, 11:15 MEZ).

Deutsche Gesellschaft für Hypnose e.V. (Hrsg.): Presse-Informationen. 2005. Internet: http://www.dgh-hypnose.de/con/home&Nr=401 (Zugriff: 06.04.2006, 11:25 MEZ).

Dober, Rolf: Materialien zur Sporttheorie in der Sekundarstufe II. Internet: http://www.sportunterricht.de/lksport/ (Zugriff: 05.03.2007, 15:13 MEZ)

Eberspächer, H.: Mentale Trainingsformen in der Praxis. Oberhaching. 1990.

Eckstein, B.; Fröhlig, B.: Praxishandbuch der Beratung. Eine Arbeitshilfe für den Anfang. Stuttgart 2002.

Erickson, M.; Rossi, E.: Hypnotherapie. Aufbau, Beispiele, Forschungen. Stuttgart 2002.

Faulstich, J.: Das heilende Bewusstsein. Wunder und Hoffnung an den Grenzen der Medizin. München 2006.

Frank, S.: Hypnosetherapie. Stuttgart 2005.

Fromm, E.: An ego psychological theory of hypnosis ad the research evidence supporting it. In Kleinhauz, M.; Peter, B.; Livnay, S.; Delano, V.; Iost-Peter, A. (Eds.), Jerusalem lectures on hypnosis and hypnotherapy.

München: MEG-Stiftung.de, 31-44 (Hypnosis International Monographs 1).

Fromm, E.; Nash, M. R.: Psychoanalysis and Hypnoanalysis. New York
Geisler, L.: Arzt und Patient. Begegnung im Gespräch. Frankfurt 1992.

Grimm Jacob, Grimm Wilhelm: Grimms Märchen. Gesamtausgabe. Eggolsheim-Bammersdorf 2000.

Gross, H. N.; Posner, N. A.: An evaluation of hypnosis for obstetric delivery. American Journal of Obstetrics and Gynecology, 87, 912-920, 1963.

Harmon, T. M.; Hynan, M. T.; Tyre, T. E.: Improved obstetric outcomes using hypnotic analgesia and skill mastery combined with childbirth education. Journal of Consulting and Clinical Psychology, 58, 525-530, 1990.

Hilgard, E.; Hilgard, H.: Hypnosis in the relief of pain. Los Altos 1975.

HR-Online (Hrsg.); Faulstich, J.: Wunder an den Grenzen der Medizin. Rätselhafte Heilung. Internet: http://www.hr-online.de/website/fernsehen/sendungen/index.jsp?rubrik=6096&key=standard_document_28745612 (Zugriff: 06.02.2007, 12:29 MEZ).

Institut für Traumanalysen (Hrsg.): Moderne Theorien. Internet: http://www.sphinx-suche.de/traum/modTh.htm (Zugriff: 06.02.2007, 12:23 MEZ).

Jacobs, S.; Bosse-Düker, I.: Verhaltenstherapeutische Hypnose bei chronischem Schmerz. Ein Kurzprogramm zur Behandlung chronischer Schmerzen. Göttingen 2005.

Kaiser Rekkas, A.: Im Atelier der Hypnose. Entwurf, Technik, Therapieverlauf. Heidelberg 2005.

Kaiser Rekkas, A.: Klinische Hypnose und Hypnotherapie. Praxisbezogenes Lehrbuch für die Ausbildung. Heidelberg 2001.

Klingenberger Istitut für klinische Hypnose (Hrsg.): Hypnotherapie. Indikationen. Internet: http://www.hypnose-kikh.de/column.php?id=16 (Zugriff: 29.05.2007 13:19 MEZ)

Kossak, H.-C.: Hypnose. Ein Lehrbuch. Weinheim 1989.

Kroger, W. S.: Clinical and experimental hypnosis in medicine, dentistry and psychology. Philadelphia 1977.

Lambelt, H.: Hinter den Augen lächeln. Körperübungen zum Entspannen und Wohlfühlen. Hamburg 1994.

LeCron, L.: Selbsthypnose. Ihre Technik und Anwendung im täglichen Leben. München 2000.

Lorenz-Wallacher, L.: Schwangerschaft, Geburt und Hypnose. Selbsthypnosetraining in der modernen Geburtsvorbereitung. Heidelberg 2003.

Ludwig-Maximilians-Universität, Historisches Seminar (Hrsg.): Aberglaube und Kritik im 18. und 19. Jahrhundert. Antiaufklärerische Tendenzen im Spannungsfeld von Obrigkeit und Volkskultur. Internet: http://www.geschichte.uni-muenchen.de/ngzg/siemann/projekte_aberglaube.shtml (Zugriff: 30.03.2006, 08:21 MEZ).

Maciocia, G.: Grundlagen der chinesischen Medizin. Kötzting 1994.

McGill, O.: The New Encyclopedia of Stage Hypnotism. Norwalk 2001.

Milzner, G.: Schmerz und Trance, Bd.1, Theorie und Transfer. Berlin 1999.

Milzner, G.: Schmerz und Trance, Bd.2, Fallgeschichten und Interventionen. Berlin 1999.

Noppen, J. P.; Hols, E. (1990): Metaphor II.. A Classified Bibliography of Publications. Amsterdam 1985-1990.

Peseschkian, N.: Der Kaufmann und der Papagei. Frankfurt 2003.

Revenstorf, D.; Peter, B.: Hypnose in der Psychotherapie, Psychosomatik und Medizin. Ein Manual für die Praxis. Berlin 2000.

Revenstorf, D.: Klinische Hypnose. Berlin 1993.

Revenstorf, D.: Hypnotherapie. Expertise zur Beurteilung der wissenschaftlichen Evidenz des Psychotherapieverfahrens.
Internet: http://revenstorf.de/meg/downloads/Expertise.pdf
(Zugriff: 29.05.2007 13:24 MEZ)

Röthig (Hrsg.): Sportwissenschaftliches Lexikon. Schorndorf 1992.

Seiler,R.; Stock, A.: Handbuch des Psychotrainings im Sport. Reinbeck 1994.

Spiegel-Online: Mentale Gymnastik. Gedanken lassen die Muskeln wachsen. Internet: http://www.spiegel-online.de. 22.11.2001

Universität Flensburg, Institut für Bewegungswissenschaften und Sport (Hrsg.): Psychotraining im Sport. Internet: http:://www www.uni-flensburg.de/sport/downloads/WS0506/HS_Psychotraining.pdf (Zugriff: 05.03.2007 15:24 MEZ)

Weisbach, C.: Professionelle Gesprächsführung. Ein praxisnahes Lese- und Übungsbuch. München 2003.

Weineck, J.; Hotz, A.: (1988). Optimales Bewegungslernen. Erlangen 1988.

Wienke, A.(Hrsg.): Informationen zur ärztlichen Schweigepflicht. Internet: http://www.rolfbecker.de/medizinrecht/arzt/schweigepflicht.htm (Zugriff: 25.01.2006 13:36 MEZ).

Wikipedia (Hrsg.): Psychosomatik. Internet: http://de.wikipedia.org/wiki/Psychosomatik (Zugriff: 23.03.2007 13:42 MEZ).

Yapko, M.D.: Trancework: An introduction to the practice of clinical hypnosis. New York 1990.

Über den Autor

Andreas Brandl arbeitet als Heilpraktiker in Nürnberg mit den Schwerpunkten Hypnotherapie, Trauma- und Psychotherapie. In seiner Praxis und als Lehrtrainer für klinische Hypnose und Hypnotherapie hatte er die Gelegenheit, zahlreiche Menschen und deren Erfolge, manchmal auch Misserfolge, mit der Hypnose kennen lernen zu dürfen. Aus diesem Erfahrungsschatz schöpft er, wenn er seine Artikel und Bücher veröffentlicht und versucht dabei immer den Leser ins Zentrum seines Interesses zu rücken.

Kontakt: brandl@hypnopaxis.net
www.hypnopraxis.net